SOUVENIRS PATRIOTIQUES

DES FÊTES FRANCO-RUSSES
ET DU COURONNEMENT DE MOSCOU

CRONSTADT
TOULON
1891-1893

CHERBOURG
PARIS-CHALONS
5-9 octobre 1896

CATALOGUE OFFICIEL

DE LA COLLECTION FRANCO-RUSSE

RÉUNIE PAR PHILIPPE DESCHAMPS

ET OFFERTE AU

MUSÉE IMPÉRIAL HISTORIQUE

DE

MOSCOU

PRÉSIDENT : SON ALTESSE IMPÉRIALE LE GRAND-DUC SERGE

L'UNION FAIT LA FORCE

FRANCE — RUSSIE

1897
11, RUE DEMOURS, PARIS

NOS PUBLICISTES CONTEMPORAINS

Philippe DESCHAMPS

Membre de la Société des Gens de Lettres, Membre du Musée Impérial historique de Moscou
Fondateur du Musée Carnot de Fontainebleau, Officier d'Académie
Chevalier du Mérite Agricole, Commandeur de l'Ordre Impérial St-Stanislas de Russie
Commandeur du Lion et du Soleil de Perse
Commandeur d'Isabelle d'Espagne, Officier du Nichan Aftikhar de Tunisie
Officier de St-Sava de Serbie, Officier du Medjidié de Turquie
Chevalier de Danilo du Monténégro, Chevalier de l'Ordre Royal St-Sauveur de Grèce.

Philippe Deschamps est le fils de ses œuvres. Orphelin dès son enfance, il arriva, par son travail et sa conduite, à se créer une position honorable. Doué de conceptions vastes et fécondes, d'une intelligence remarquable, il prouva qu'avec de telles facultés l'homme peut faire beaucoup.

En 1870, il s'engagea pour la durée de la guerre.

Il se battit en soldat, revint malade, exténué, ayant subi toutes les privations imaginables, blâmé par sa famille, traité d'exagéré par la plupart de ses amis, désespéré des malheurs de sa Patrie, et cependant fortifié par le devoir accompli. Pour sa belle conduite devant l'ennemi, il fut proposé pour la médaille militaire, par le colonel Rincheval, mais oublié !

Ne pouvant plus être utile à son pays comme soldat, il se consacra tout entier aux affaires dès qu'il eut reconquis un peu de santé. Vingt-cinq ans durant, il fut un négociant actif, courageux, intelligent et surtout inventif.

Ayant beaucoup voyagé, il fut, dès la première heure, partisan passionné de l'alliance russe, la seule qu'il croyait être sincère.

Sa reconnaissance était infinie pour les Souverains du grand empire du Nord qui ont protégé la France du démembrement et de la guerre, à des heures où elle eût pu être broyée plus encore qu'en 1870.

Il se répétait sans cesse qu'Alexandre Ier avait sauvé la France du partage en 1814; qu'Alexandre II, en 1875, avait empêché M. de Bismarck de se jeter sur nous au moment où nous étions en pleine reconstitution de nos armements; qu'Alexandre III s'était mis en travers du guet-apens Schnaebelé. L'œuvre accomplie par ce patriote sincère et dévoué, qui aime la France comme une Madone, est une page d'histoire.

Juliette Adam.

Préface du Livre d'Or de l'Alliance Franco-Russe

Rien de plus touchant que la pensée première et la persévérance de M. Philippe Deschamps Voici un homme indépendant, aisé, ayant gagné dans l'industrie une fortune honorable, qui aurait assurément le droit de se reposer après un long labeur, — c'est ce que font la plupart de ceux qui ont commencé leur vie comme lui. Mais M. Philippe Deschamps est possédé par une idée fixe. Le moment où il se retire des affaires coïncide précisément avec les débuts de l'alliance franco-russe; son patriotisme s'émeut; il comprend l'importance des événements qui se préparent, et aussitôt, sans hésiter, il consacre son temps, son intelligence, son argent à populariser la Russie en France et la France en Russie. Pendant que la diplomatie faisait son œuvre, il faisait la sienne, lentement, patiemment, avec amour. Il alla à St-Pétersbourg, à Moscou, faire connaître les deux peuples l'un à l'autre. Tout ce que l'industrie parisienne, si ingénieuse, inventa, les milliers d'objets d'art qu'elle fabriqua pour célébrer les fêtes franco-russes, il en composa des collections qu'il offrit, en Russie, au Musée Alexandre III de St-Pétersbourg, au Musée Historique de Moscou, en France aux Musées de l'Etat, à Carnavalet, et fonda le Musée Carnot à Fontainebleau. Cela suffirait pour mériter à M. Philippe Deschamps la sympathie de tous les bons Français. Mais il a voulu compléter son œuvre en écrivant le *Livre d'Or de l'Alliance Franco-Russe* qu'il a dédié à S. M. l'Empereur de Russie et à M. Félix Faure.

Alfred Mézières,
Membre de l'Académie.

➤◄

L'UNIVERS !

〰〰〰

Il est impossible de fermer ce livre autrement que je ne l'ai fait moi-même : *émerveillé !*

Émerveillé de la science et de l'érudition qu'il renferme : n'y trouve-t-on point, en effet, tout ce que l'homme peut et doit savoir ?

C'est une encyclopédie, en quelque sorte, mais une encyclopédie sans fatras, sans détails inutiles, sans verbiages oiseux — une encyclopédie où est admirablement résumé tout ce qui ressortit aux connaissances humaines. Travail immense, labeur énorme, gigantesque effort de recherches, de compilation, de documentation, et qui embrasse réellement le monde entier, ainsi que l'annonce son titre flamboyant : L'UNIVERS !

Et, puisque *tout* y est, quel ouvrage sera jamais plus complet ? Se surprend-on à s'interroger sur la date d'une bataille, la biographie d'un diplomate, la révolution d'une planète, la hauteur d'une montagne, choses si diverses qu'on avait bien appris autrefois, mais que l'on oublia, depuis ? Il suffira de feuilleter ce volume ; une page, un tableau renseigneront immédiatement la mémoire défaillante, et on remerciera sincèrement l'auteur d'avoir mis par un véritable prodige, à portée de la main, une bibliothèque entière en un seul tome. Simple, pratique, concis, de consultation facile : voilà le plan que M. Philippe Deschamps a suivi avec soin ; ce sont là des qualités maîtresses grâce auxquelles L'UNIVERS sera un livre utile et vulgarisateur qui, accessible à tous, fera apprécier également par tous sa netteté, sa clarté, son originalité et sa compétence.

Mais on sent aussi que, dans son œuvre magistrale, l'auteur a voulu principalement glorifier la France qu'il aime par dessus tout, en nous retraçant sa merveilleuse épopée à travers l'histoire de la civilisation, et qu'il s'est particulièrement appliqué à nous rappeler nos victoires, la vaillance de nos soldats et nos plus belles traditions de dévouement, d'héroïsme et de civisme. N'est-ce point là, d'ailleurs, le meilleur enseignement à donner à cette jeunesse des écoles, à laquelle ce livre est dédié, que lui apprendre à aimer son pays, à respecter son armée, à se souvenir du passé et à avoir foi dans l'avenir, et ne sont-ce pas ces leçons qui rendent forts les peuples qui les écoutent ? A cette jeunesse studieuse de France et de Russie, ardent patriote, M. Philippe Deschamps a toujours pensé : il a écrit le récit de ses voyages aux contrées les plus diverses, *Vingt mille Lieues à Travers le Monde*, pour ouvrir son esprit au désir de l'inconnu, à l'attrait de l'horizon lointain, à la curiosité du nouveau ; il a publié son *Livre d'Or de l'Alliance Franco-Russe* pour qu'elle sût l'estime et l'amour réciproque de deux grandes nations sœurs ; aujourd'hui il ensemence ses champs fertiles du grain puissant de la science universelle, mais si la charrue est lourde, le labeur ardu, le sillon sera profond et la moisson prochaine sera superbe...

J'admire, quant à moi, la force de volonté qui conçoit de pareils ouvrages et les mène à bien, j'admire le sentiment désintéressé qui pousse les intelligences d'élite à s'inquiéter ainsi de la foule, et j'admire l'homme qui, pour instruire ses concitoyens, entreprend de semblables tâches, en ne marchandant ni son temps ni son dévouement...

M. Philippe Deschamps peut être content et fier : il a bien mérité de l'humanité et de sa patrie.

Guy de Téramond.

OUVRAGES DU MÊME AUTEUR

1. A travers les Etats-Unis.
2. De Saint-Pétersbourg à Constantinople.
3. Le touriste en Egypte et en Syrie.
4. De Paris au Soleil de minuit !
5. Les fêtes Franco-Russes, avec les poésies.
6. LE LIVRE D'OR DE L'ALLIANCE FRANCO-RUSSE, dédié à S. M. le Tzar Nicolas II et au Président Félix Faure.
7. Catalogue du Musée Carnot de Fontainebleau.
8. 20.000 LIEUES A TRAVERS LE MONDE ! illustré de 175 photogravures.
9. Catalogue illustré des Collections Franco-Russes.
10. Vivent les Boërs !
11. L'exploitation du mariage (Edition épuisée).
12. L'UNIVERS ! dédié à la jeunesse des écoles de France et de Russie. 600 pages de texte.
13. La Mort d'un Héros, dédié à Mlle de Villebois-Mareuil.
14. L'Œuvre de M. J. Chamberlain.
15. La Reine Wilhelmine.
16. Le règne de la Reine Victoria.
17. L'Avènement du Roi Edouard VII.
18. Gloire aux Vaincus !
19. LE LIVRE D'OR DU TRANSVAAL, édition de luxe illustrée, dédiée à S. M. la Reine de Hollande et au Président Krüger.
20. LA CONSÉCRATION DE L'ALLIANCE FRANCO-RUSSE, dédié à l'Empereur de Russie et au Président de la République.
21. Les budgets et les finances de la France.

PRÉSENT IMPÉRIAL

Son Excellence le baron Fréedericksz, ministre de la Cour Impériale de Russie, arrivé à Paris il y a quelques jours, a reçu hier, en audience particulière, M. Philippe Deschamps, le fervent apôtre de l'Alliance Franco-Russe.

Le Ministre de la Cour, qui a fait à notre distingué confrère l'accueil le plus empressé, l'a vivement félicité pour les preuves de dévouement qu'il a donné depuis de longues années à la cause de l'Alliance. Les précieux services qu'il a rendus sont très appréciés à la Cour de Russie, qui vient de lui en fournir une nouvelle preuve en lui offrant, pour le Musée Carnot qu'il a fondé à Fontainebleau, un des rarissimes volumes faits à l'occasion du couronnement.

Ce beau livre, qui renferme des gravures avec enluminures, pèse 12 kilogs; sa valeur est inestimable, puisque vingt exemplaires ont été seulement tirés pour les membres de la famille Impériale.

S. M. l'Empereur de Russie a de plus accordé à M. Philippe Deschamps l'autorisation de lui dédier l'ouvrage qu'il écrit en ce moment, et qui aura pour titre *La Consécration de l'Alliance*.

Nous avons pu voir chez l'auteur les premières épreuves de cet admirable livre, tiré sur papier de Chine à grandes marges, qui sort des presses *Herbin à Montluçon*. Les gravures artistiques qui illustreront cette page de notre histoire contemporaine feront bien des envieux.

CATALOGUE OFFICIEL

DE LA COLLECTION FRANCO-RUSSE

Réunie par PHILIPPE DESCHAMPS

ET OFFERTE AU

MUSÉE IMPÉRIAL HISTORIQUE

DE

MOSCOU

PRÉSIDENT : SON ALTESSE IMPÉRIALE LE GRAND DUC SERGE

CATALOGUE OFFICIEL

DE LA COLLECTION FRANCO-RUSSE

Réunie par PHILIPPE DESCHAMPS

DOCUMENTS OFFICIELS

1. Médaille en argent gravée par Chaplain, frappée à la Monnaie de Paris à l'effigie des Souverains Russes.
Au revers :

VISITE EN FRANCE
DE LEURS MAJESTÉS

L'EMPEREUR ET L'IMPÉRATRICE

DE RUSSIE

CHERBOURG — PARIS — CHALONS

5-9 OCTOBRE
1896

2. Médaille en bronze à l'effigie de M. Carnot, président de la République française.
Au revers :

CARNOT

ÉLU PRÉSIDENT DE LA RÉPUBLIQUE FRANÇAISE
PAR L'ASSEMBLÉE NATIONALE

LE III DÉCEMBRE
MDCCCLXXXVII

3. Livre d'Or, classé par Philippe Deschamps, offert à S. M. l'Empereur Nicolas II, avec Préface de l'honorable M. Alfred Mézières, député, membre de l'Académie française.

4. Opuscule à LL. MM. l'Empereur et l'Impératrice de Russie. Hommage respectueux.

4ª. Carte programme de la réception donnée à l'Hôtel de Ville de Paris en l'honneur de LL. MM. l'Empereur et l'Impératrice de Russie. Dessin d'Henri Pille.

5. Délibération du Conseil municipal de Châlons-sur-Marne du 25 septembre 1896.

6. Adresse envoyée par le Maire de Châlons-sur-Marne à S. M. l'Empereur de Russie.

7. Photographie du coffret contenant le Procès-Verbal signé par S. M. Nicolas II, empereur de toutes les Russies, et M. Félix Faure, Président de la République française, renfermé et scellé à Paris, dans une cavité de la première pierre du pont Alexandre III, le 7 octobre 1896. Exécutée par Paul Sormani, 10, rue Charlot, à Paris.

8. Opuscule à LL. MM. l'Empereur et l'Impératrice de Russie, contenant les poésies, stances héroïques et strophes composées, offert par Philippe Deschamps.

9. Programme de la soirée de gala donnée à l'Opéra, le 6 octobre 1896. Dessin de H. Gervex.

10. Programme de la soirée de la Comédie-Française, le 7 octobre 1896.

11. Carte de la pose de la première pierre du pont Alexandre III, le 7 octobre 1896.

12. Adresse de la Municipalité de Bordeaux envoyée à l'ambassade de Russie.

13. Lettre de S. E. le baron de Mohrenheim au Maire de Bordeaux.

14. Proclamation aux habitants du IXe arrondissement de Paris.

15. Dépêche de la Municipalité de Vichy au Tsar et à la Tsarine.

16. Adresse de la Municipalité de Caen à LL. MM. l'Empereur et l'Impératrice de Russie.

17. Proclamation du Maire de Caen à ses concitoyens.

18. Proclamation du Maire de Dieppe aux habitants.

19. Délibération du Conseil municipal de Mende, le 24 septembre 1896.

20. Télégramme du Maire de Mende à LL. MM. l'Empereur et l'Impératrice exprimant la joie de la population mendoise.

21. Arrêté du Maire de Valenciennes à l'occasion des fêtes franco-russes.

22. Délibération du Conseil municipal de Châteauroux, le 18 septembre 1896.

23. Proclamation du Maire de Soissons à ses concitoyens.

24. Proclamation du Maire de Pontoise à ses concitoyens.

25. Proclamation du Maire de Mézières à ses concitoyens.

25ᵃ. Lettre du Maire de Montlhéry (Seine-et-Oise).

25ᵇ. Proclamation du Maire d'Annecy aux habitants.

25ᶜ. Carte d'invitation de M. Prosper Ferrero, maire de Toulon, pour la soirée de gala offerte par la Municipalité à l'amiral Avellan et aux officiers de l'Escadre Russe, le 15 octobre 1893.

26. Menu du déjeuner de Leurs Majestés Impériales à l'ambassade de Russie, le 6 octobre 1896.

27. Menu du dîner de Leurs Majestés Impériales à l'ambassade de Russie, le 7 octobre 1896.

28. Carton, impression riche, renfermant une feuille de satin et de papier de Chine où sont reproduits les toasts prononcés à Cherbourg, Paris, Châlons. En tête, « Bratina », chœur patriotique.

29. Proclamation du Maire de Nogent-sur-Marne aux habitants.

30. Proclamation du Maire d'Argenteuil à ses concitoyens.

31. Proclamation du Maire de Valence à ses concitoyens.

32. Carte d'invitation de la Municipalité de Paris à la réception donnée à l'Hôtel de Ville en l'honneur de LL. MM. l'Empereur et l'Impératrice de Russie, le 7 octobre, à cinq heures et demie.

33. Carte du dîner de la Présidence de la République aux chiffres de M. Félix Faure.

34. Arrêté du Maire de la ville de Valenciennes, chevalier de la Légion d'honneur, à l'occasion du voyage du Tsar.

35. Affiche. Programme illustré aux armes de la ville de Cherbourg; M. Em. Liais, maire. — 4 octobre 1896. Arrivée du Président de la République. — 5 octobre. Débarquement de LL. MM. l'Empereur et l'Impératrice de Russie.

36. Ville de Valenciennes. Deux programmes du concert du 6 octobre 1896.

37. Proclamation du Maire de Belfort à ses concitoyens.

38. Adresse patriotique envoyée par M. Ch. Schneider, maire, au nom des habitants de Belfort, à LL. MM. l'Empereur et l'Impératrice de Russie.

39. Délibération du Conseil de Remiremont, et texte de l'adresse envoyée par la Municipalité à LL. MM. l'Empereur et l'Impératrice de Russie à Paris. Le Maire : Charles Argant.

40. Carte. Manufacture Nationale de Sèvres, 8 octobre 1896.

41. Carte bleue d'invitation de la Municipalité de Paris pour la réception donnée à l'Hôtel de Ville en l'honneur de LL. MM. l'Empereur et l'Impératrice de Russie, le mercredi 7 octobre 1895, à cinq heures et demie.

42. Carte grise d'invitation de la Municipalité de Paris pour la réception donnée à l'Hôtel de Ville en l'honneur de LL. MM. l'Empereur et l'Impératrice de Russie, le mercredi 7 octobre 1895, à cinq heures et demie.

43. Adresse du Maire, des Adjoints et des Conseillers municipaux de la ville de Dunkerque à LL. MM. l'Empereur et l'Impératrice de Russie. *Le Maire :* Alfred Dumont.

44. Lettre et proclamation du Maire de Villefranche (Rhône).

45. Délibération du Conseil municipal de Tlemcen (Algérie).

46. Affiche verte des Chemins de fer de la Compagnie de l'Ouest. Modifications apportées en raison du voyage de LL. MM. l'Empereur et l'Impératrice de Russie.

47. Ville de Valenciennes. Programme du Concert franco-russe du 6 octobre. Cronstadt-Toulon (marche).

47ᵃ. Affiche de la ville de Beauvais. Appel aux habitants.

47ᵇ. Affiche des fêtes du 5 octobre 1896. Ville de Beauvais.

47ᶜ. Proclamation du Maire de Chaumont à ses concitoyens.

JOAILLERIE. — BIJOUTERIE

48. Broche franco-russe dans un écrin Ce bijou remarquable est formé d'une partie d'un aigle couronné et de l'autre du coq gaulois ; l'ensemble de la tête simule l'aigle russe à deux têtes. Au milieu, les deux écus de France et de Russie accolés sur fond émaillé. Les pattes de l'aigle tiennent une banderolle sur laquelle est inscrit « Cronstadt, 1891 » en russe et « Toulon, 1893 » en français.

49. Épingle de cravate dans un écrin de même forme et du même genre.

Nota. — Ces deux bijoux artistiques et de bon goût ont été dessinés par M. Auger, de Paris, le joaillier bien connu, et fabriqués dans ses ateliers.

50. Montre franco-russe de Remérand, à Bourges.

51. Médaillon de chaîne, avec fleurs de myosotis émaillées ; au centre, deux mains entrelacées, symbole de l'alliance.

52. Chaîne de montre dorée. Au milieu, dans un médaillon « France-Russie » ; de chaque côté, les portraits des deux fondateurs de l'alliance, le Tsar Alexandre III et le Président Carnot ; comme breloque, drapeaux des marines russe et française.

GRAVURES A L'EAU-FORTE

53. Gravure à l'eau-forte d'Henri Toussaint, l'artiste bien connu. Reproduction de sa remarquable aquarelle acquise par Philippe Deschamps pour la collection des Souvenirs franco-russes destinés à S. M. l'Empereur de Russie.

Nota. — Cette gravure, d'une exécution parfaite, qui représente la voiture impériale descendant l'avenue des Champs-Élysées, le 6 octobre 1896, figure au Salon des Champs-Élysées. (Voir Catalogue officiel, p. 442.)

54. Gravure sur papier bristol. La Descente du Cortège Impérial aux Champs-Elysées, 6 octobre 1896.

55. — Funérailles du regretté Président Carnot, 1896. Arrivée du cortège place du Panthéon, ébauche de la planche.

56. — Portrait du Président Carnot, un des fondateurs de l'Alliance france-russe.

57. — Funérailles du Président Carnot au Panthéon. Gravure à l'eau-forte d'Henri Toussaint, d'après son dessin exécuté sur le passage du cortège.

Images.

58. — « Les Tsars de Russie ».

59. — « Cherbourg, Paris, Châlons ».

60. — « Apothéose. Vive la Russie ! »

61. — « La Famille Impériale ».

62. Souvenir de 1896. Les portraits écrits de S. M. Nicolas II et de M. Félix Faure, contenant 121.400 lettres microscopiques.

63. Le Triomphe de la Paix. France-Russie.

PHOTOGRAPHIES

64. La statue de Strasbourg, place de la Concorde, prise le 6 octobre 1896.

65. La foule acclamant Leurs Majestés Impériales à leur passage place de l'Arc-de-Triomphe de l'Etoile.

66. « Paix », apothéose du bien aimé Tsar Alexandre III et du regretté Président Carnot. La France et la Russie.

67. La même, en petit format.

68. Arrivée de LL. MM. l'Empereur et l'Impératrice de Russie à Breslau.

69. Arrivée de LL. MM. l'Empereur et l'Impératrice de Russie à Vienne.

70. Le cortège Impérial descendant les Champs-Élysées.

71. Les Souverains au Musée du Louvre.

72.   —   se rendant à l'église Notre-Dame.

73.   —   au camp de Châlons.

74. Sortie de S. M. l'Empereur de l'église russe (6 octobre).

75. Le Triomphe de la Paix, « France et Russie ».

76. Photographie coloriée, avec l' « Hymne Russe » et la « Marseillaise ».

77. Médaillon, souvenir du Tsar Nicolas II (1896).

78. Carte-portrait de S. M. l'Impératrice douairière.

79.   —   de S. M. Alexandre III.

80.   —   de S. M. Nicolas II.

81.   —   de S. M. l'Impératrice.

82.   —   du regretté Président Carnot.

83.   —   de M. Félix Faure, Président.

84. « La France recevant la Russie ».

85. Cuivre gravé par F. Faivre (Paris, octobre 1896). Portraits de S. M. I. Nicolas II et de S. M. I. Alexandra-Féodorovna.

86. Portrait de Pierre Ier.

87. Arrivée de la flotte française à Cronstadt (juillet 1891).

88. Photographie de la cloche de Châtellerault : « Sonnez la Paix et la Fraternité ! » Cloche franco-russe *Alexandra-Nicolas*, coulée à la fonderie Orlow de Saint-Pétersbourg; diamètre, 1m,75; hauteur, 2 mètres; poids, 2.620 kilogrammes. Elle est ornée de 4 médaillons en relief, représentant LL. MM. *Alexandre III* et *Nicolas II* et les Présidents *Carnot* et *F. Faure*. Les croix et les écussons sont dorés; le reste est argenté.

Elle porte les inscriptions :

« Don de *S. M. Nicolas II*, Empereur de toutes les Russies, à l'église Saint-Jean-l'Evangéliste de la ville de Châtellerault. »

« Sonnez la Paix et la Fraternité des Peuples, 2 novembre 1894 » (gravé en russe et en français).

« 1896. Baptisée par Mgr H. Pelgé, évêque de Poitiers. Au

baptême, a reçue le nom d'*Alexandra-Nicolas*. Le parrain a été M. Adrien Treuille, la marraine Mme Treuille, née Jeanne Delphine de la Fourchardière. Curé de la paroisse, l'abbé Sincère Guérin. Baptisée le 29 mai 1897.

89. Même photographie. reproduite en plus petit.

90. Le Président Félix Faure donnant la main à la France reçoit les Souverains Russes à Cherbourg. Dans le fond, on aperçoit l'apothéose du Tsar Alexandre III et du Président Carnot, les fondateurs de l'Alliance.

91. Photographie. Le triomphe de la Paix, France-Russie. Dans les plis des drapeaux français et russes, le Tsar Alexandre III et le Président Carnot.

92.   —   Au milieu de l'aigle déployé, les portraits du Tsar Nicolas II et du Président Félix Faure, avec inscription : « France et Russie. Souvenir du voyage du Tsar. »

GRAVURES ANCIENNES

93. Portrait du Tsar Féodor III Alexiewitch.

94.   —   d'Alexandre Ier, Empereur de toutes les Russies.

95.   —   de Nicolas Ier, Empereur de Russie.

96.   —   d'Alexandrine, Impératrice de Russie.

97.   —   de S. M. l'Impératrice douairière.

98.   —   de S. A. I. le Grand-Duc Alexis.

99.   —   de Rostopchine.

100.   —   de femme russe.

101.   —   de Pierre le Grand.

102.   —   d'Alexandre Ier.

103.   —   du Grand-Duc Constantin.

104.   —   de Kpbiaobt.

105.   —   de Rostopchine.

106.   —   du prince Souvaroff.

107.   —   du Grand-Duc Michel Phédorwitz.

108.   —   du Prince Zénowitz.

109. Gravure. Couronnement de Pierre le Grand.

110. — Costumes de femmes russes du gouvernement de Perm.

111. — Paysan russe sur son traîneau; Bachiloff, sculpteur.

112. — Costumes coloriés de Russes.

113. — Costumes coloriés de femmes russes.

114. — Monument de Pierre le Grand à Saint-Pétersbourg.

115. — Maison de plaisance des Souverains Russes à Tsarkoë-Selo, à 25 verstes de Saint-Pétersbourg.

116. — Peterhoff, maison de plaisance des Souverains Russes située sur le golfe de Finlande, à 30 verstes de Saint-Pétersbourg.

117. — Vue de la ville de Catherinebourg.

118. — Vue de la ville de Novgorod.

119. — Vue de la ville de Tver.

120. — Vue de la ville d'Iakoutsk.

121. — Vue de l'Amirauté et de ses environs.

122. — Entrevue des Empereurs de France et de Russie sur le Niémen, 25 juin 1807.

123. — Vue de la Bourse et du Magasin des Marchandises à Saint-Pétersbourg. Panorama de la ville de Kiakta.

124. — Vue des bords de la Néva entre l'Amirauté et l'Académie des sciences.

Nota. — Ces gravures ont été faites d'après les dessins du chevalier de Lespinasse.

125. Gravure. Vue de l'Hôpital cimetière de Scutari.

126. — Bains russes.

127. — Catherine II Alexiowna (surnommée la Grande), née Sophie-Aug. d'Anhalt-Zerdst, en 1729; morte le 17 novembre 1796. Avec chronologie.

128. — Alexandrine, Impératrice de Russie.

129. — Pierre Ier Michaelowitz. né le 11 juillet 1672, mort le 28 janvier 1725. En 1682, avec Ivan, fut proclamé premier Tsar. Avec chronologie.

130. — Nicolas Pavlovitch. né le 2 juillet 1796. Empereur le 1er décembre 1825. Le 13 juillet 1817, épouse la fille aînée de Frédéric-Guillaume III, Roi de Prusse, qui reçut le titre d'Alexandra-Féodorovna-L.-Charlotte-Wilhelmine. Avec chronologie.

131. Gravure. Napoléon Ier à Moscou.

Costumes coloriés de femmes russes

132. Gravure. Baba ou vieille femme et une jeune mariée.
133.   —   Femme russe en habit d'hiver.
134.   —   Costume de femme en 1764.
135.   —   de femme en 1765.
136.   —   — de femme en 1768.
137.   —   — de femme de Moscou en 1768.
138.   —   — de Bohémiennes.
139.   —   — de paysan russe.

Scènes russes coloriées

140. Gravure. La planche à balancer.
141.   —   Traîneaux de louage pour l'hiver.
142.   —   Courrier du Cabinet.
143.   —   Bateaux pour les parties de plaisir.
144.   —   Voitures d'hiver.
145.   —   Rinceurs de linge.
146.   —   Kibitka d'hiver.
147.   —   Costumes divers de Russes.
148.   —   Vue de Smolensko.

GRAVURES ANGLAISES

149. Gravure. Malakoff.
150.   —   Fort Saint-Paul, à Sébastopol.
151.   —   Camp de la brigade navale, à Sébastopol.
152.   —   Le Mamelon Vert, à Sébastopol.
153   —   Balaklava.
154.   —   Bataille de Tchernaya.
155.   —   Vue du port de Kamish-Bournou.

DESSINS AU CRAYON

156. Dessin. Pierre Ier dit le Grand.
157. — Alexandre Ier.
158. -- Pierre III.
159. — Christophe Wegel Stanislas.
160. — Général Constantin.
161. — Maréchal Gotemkine, né en 1736.
162. — Mensikoff.

VOLUMES BROCHÉS

Ouvrages publiés par Philippe Deschamps :

163. Récits de ses voyages à travers les Etats-Unis et le Canada.
164. De Saint-Pétersbourg à Constantinople.
165. Le Touriste en Égypte et en Syrie.
166. De Paris au Soleil de Minuit.

167. La Russie. Histoire, géographie, littérature, par M. E. Guénin, officier d'académie.
168. La Nouvelle France, par E. Guénin, officier d'académie.
169. La Vie militaire en Russie.
170. Une année de fêtes russes.
171. Le Kremlin.
172. Français et Russes. De Tilsit à Châlons.
173. La Russie.
174. L'Empereur de Russie.
175. L'Aigle russe.
176. La Russie en images.
177. La « Nouvelle Revue », numéro du 1er octobre. Salut au Tsar.
178. L'Art héraldique en Russie.

179. Le Tsar dévoilé, « brochure élogieuse ».

180. Le « Monde Moderne ». « Moscou et les Moscovites ».

181. La Vie intime du Tsar Nicolas II. Souvenir du 5 octobre 1896.

182. Musée pittoresque du Voyage du Tsar.

183 à 188. 5 brochures. Les 5 journées russes, avec dessins.

189 à 196. 8 livraisons. « Le Tsar en France », avec dessins.

CHROMOS ET DESSINS PATRIOTIQUES

197. La France tenant deux médaillons, portraits des Souverains Russes et de M. Félix Faure.

198. Souvenir de la visite des Souverains Russes à Paris.

199. Le Tsar et la Tsarine.

200. Portraits de Leurs Majestés Impériales et du Président de la République.

201. La place de l'Étoile, le 6 octobre 1896.

202. Le Tsar en France.

203. Le Tsar Alexandre III serrant la main de l'amiral Gervais.

204. Cahier « Les Tsars ». Sur la couverture, les portraits du Tsar Nicolas, de la Tsarine Alexandra Féodorovna et de M. Félix Faure, avec sa biographie.

205. Entrée du Tsar à Paris, le 6 octobre 1896.

206. France et Russie. « Hommage au Tsar ».

207. Feuille d'abat-jour avec les portraits du Tsar Nicolas II et du Président Faure.

208. Les portraits des fondateurs de l'alliance. La Famille Impériale de Russie. « Les Amis de la France ».

209. Jeux franco-russes.

210. Les fondateurs de l'alliance. Au verso, le programme des fêtes.

211. Vive la Paix !

212. La Grande-Duchesse Olga, endormie d'un côté, réveillée de l'autre.

213. Les Étrennes du Président.

214. Paris-Cherbourg, 1896. Réception à l'Élysée des Souverains Russes par le Président Félix Faure.

215. La France recevant le Tsar.

216. Portrait de S. M. l'Empereur de Russie.

217. Le Tsar à cheval devant l'Arc de Triomphe.

218. Les fondateurs de l'alliance.

219. Diorama. Le cortège impérial dans les Champs-Élysées, le 6 octobre 1896.

220. Plume en papier franco-russe.

221. France et Russie, 1896. F. R. sur fond tricolore.

222. Aigle russe sur fond bleu, « 1896 ».

223. Au milieu d'un trophée de drapeaux, portrait de M. Félix Faure, Président de la République française.

224. L'automobile « Voyage de Leurs Majestés Impériales à travers l'Europe ».

225. Portrait du bien aimé Tsar Alexandre III.

226. — de l'Impératrice douairière.

227. — du Tsar Nicolas II.

228. — de l'Impératrice Alexandra-Féodorovna.

229. -- du Tsar et de la Tsarine.

230 à 241. 12 cartes à jouer « Soldats russes ».

242. Les Hôtes de la France.

243. Carte « Vive la France ! vive la Russie ! ».

244. Souvenir de la visite du Tsar Nicolas II en France.

245. Portrait des Souverains Russes et sujets militaires russes.

246. Chromos, sujets militaires, de la Maison Pellerin et Cie (imagerie d'Epinal) :

Armée française. « Turcos », grandeur naturelle.
— « Zouaves », —
Infanterie de ligne russe, —
Régiment de Brest-Litovski, —
— de Biélostok, —
Soldat de l'infanterie russe, —
— du régiment de Biélostok. —

Feuille coloriée, types principaux des soldats de l'infanterie russe de l'imagerie d'Epinal.

247. Feuille chromo représentant l'entrevue de Paris, 6 octobre 1896.

248. Chromo représentant le Président Félix Faure souhaitant la bienvenue à l'Empereur de Russie.

249. — représentant les épisodes des batailles.

250. — représentant les portraits des rois de France, depuis Pharamond, l'an 420, jusqu'à Napoléon III, 1852, et des Empereurs de Russie.

251. Drapeau (Cronstadt, 1891. Toulon, 1893. Paris, 1896). L'aigle russe imprimé sur les couleurs nationales françaises.

252. Carte de visite Philippe Deschamps transparente, avec les drapeaux russes et français.

253. Carte. Poésie sur la mort du regretté Tsar Alexandre III. « Livadia. Deuil national ».

254. Carte chromo de la Maison Suchard. Dans un médaillon, le portrait de M. Félix Faure ; à droite, un cuirassier ; à gauche, un zouave.

255. — Portrait de S. M. le Tsar Nicolas II, avec soldat russe et cosaque.

256. — Portrait du Président Félix Faure, avec cuirassier et zouave.

257. Carte chromo. Dans un médaillon, le portrait du Tsar Nicolas II entouré de soldats russes.

258. Carte à l'aquarelle. Vélocipédistes russe et française déployant les drapeaux des nations amies.

259 à 263. 5 cahiers patriotiques. Episodes du couronnement de Moscou, de la Maison Geisler, de Raon-l'Etape.

263ª. Chromo patriotique, sujet allégorique de l'alliance. La France présentant les Souverains Russes. Au dessous, le Président Félix Faure, de la Maison Geisler.

264. Numéros de conscrits, 1897. Drapeaux entrelacés des deux peuples amis.

265. Carte chromo avec drapeaux. « Réunis par la pensée. »

266. Soldat russe.

267. Feuille souvenir de la visite en photocollographie.

268. Album militaire colorié, « l'Armée Française ».

269. Carte de visite à l'aquarelle 1896, drapeau impérial russe et français. Au milieu, une pensée.

270. Petit cadre carré. Portrait du Tsar Nicolas II.

271. Petit cadre rond avec myosotis. Portrait du Tsar Nicolas II.

272 à 279. 8 feuilles, impression bleue et noire, Saint-Pétersbourg-Paris. Aux quatre angles, les portraits du Tsar Alexandre III et du président Carnot ; au dessous, les armoiries de France et de Russie. Au milieu de la feuille, dans trois médaillons, les portraits des Souverains Russes et du Président Félix Faure.

280. Feuille bordée de noir. Funérailles de la Triple-Alliance.

AFFICHES ET BANDES

281. Moscou « apéritif ». Barbin à Clermont-Ferrand.

282. Tsar « champagne ». Champion à Reims.

283. Exposition Russe (scènes de Russie) au Champ de Mars, à Paris (1893), par Tamagno.

284. — Cavaliers russes, par Carandache.

285. — — par Soubrac.

286. — hippique ethnographique au Champ de Mars (Paris, 1895), par H. Harazine.

287. Affiche avec aigle impérial russe. Biscuits russes Kremlin de la Maison Olibet de Paris.

288. — du Musée Grévin « Moscou ». Le Kremlin illuminé le soir du couronnement du Tsar Nicolas II, le 17 mai 1896.

289. — Français et Russes. De Tilsit à Châlons.

290. — « Confettis Tsarine ».

291. — de l'Exposition Franco-Russe à Paris.

292. — coloriée « Confettis russes ».

293. — coloriée « Michel Strogoff ».

294. Bandes illustrées et feuilles souvenir de la Maison L. Huot, éditeur à Paris.

295 à 302. 8 bandes différentes couleurs, avec les timbres russes et français, aux effigies du Tsar Alexandre III et du Président Carnot. Au milieu de la draperie du Trône, le portrait du Tsar Nicolas II ; dans un trophée de drapeaux, celui du Président Félix Faure.

303 à 306. 4 bandes en couleurs, avec timbres du Tsar Alexandre III et des Présidents Carnot et Faure. Souvenir de la visite de LL. MM. l'Empereur et l'Impératrice de Russie à Paris, les 6, 7 et 8 octobre 1896.

307 à 310. 4 bandes marron, avec timbres du Tsar Alexandre III et des Présidents Carnot et Faure. Souvenir de la visite de LL. MM. l'Empereur et l'Impératrice de Russie à Paris, les 6, 7 et 8 octobre 1896.

311 à 320. 10 bandes franco-russes pour imprimés.

321. Bande illustrée aux couleurs russes, « Aux amis de la France ».

JOURNAUX ILLUSTRÉS

322. Le « Petit Journal illustré ». L'accident du vaisseau russe « Sissoï Velikij ».

323. « L'Illustration » du 3 octobre 1896.

324. « Le Rire » du 14 novembre 1896.

325. Versailles-Châlons.

326. Fêtes Franco-Russes.

327. « Le Tsar arrive ».

328 à 334. Le « Petit Journal » (7 numéros).

335 à 337. Le « Petit Parisien » (3 numéros).

338. « Revue Larousse ».

339. « Le Souvenir ».

340. « Petit Bleu de Bruxelles ».

341. « Petit Journal » du 11 octobre 1896.

342. « L'Éclair » du 6 octobre 1896.

343. « Petit Journal » du 24 mai.

344 à 358. 15 numéros articles « Collection Deschamps ».

359. Le « Grand Journal » du 5 octobre 1896.

360. Le « Journal » du 7 octobre 1896.

361. Le « Petit Journal ». L'Armée Russe.

362. « Humoristické-Listy », numéro du 18 octobre 1896.

363. Le « Figaro de Vienne ». Napoléon Ier.

364. « De Amsterdammer ». Vive l'Empereur !

365. Le « Triboulet ». Tableau des huit quartiers paternels et maternels de S. M. l'impératrice Alexandra-Féodorovna.

366.   —   Visite à Notre-Dame.

367. Le « Monde Illustré.» Découverte du comte Karnice, Conseiller à la Cour de Russie.

368. Le « Vélocipède Illustré ». L'Apothéose franco-russe.

369. La « Marseillaise ».

370. La « Silhouette ». Le Traité.

371. — La Mort de la Triplice.

372. Le « Pilori ». Page de Souvenirs.

373. — Montjarret.

374. Le « Courrier Français ». France et Russie.

375. Le « Gil Blas ». Prochain voyage du Tsar.

376. La « Libre Parole ». Le Tsar enthousiasmé.

377. L'« Insertini Priloba sipn ». Guillaume II aux pieds du Tsar Nicolas II.

378. — — La Fureur de l'Allemagne.

379. « Justice Blätter ». Vive l'Empereur!

380. — Le Char des Toasts.

381. Journal illustré « Le Soleil ». Le Tsar à l'Académie : tableau de Brouillet au Salon de Champs-Elysées.

382. Le « Rire ». Le Président en Russie.

383. Le « Jugend ». Paris, 1896.

384. Le « Pasquino ». Dopo le visite.

385. — Czarite.

386. — Le Czar a Parigi.

387. Le « Sapajou ». Les derniers préparatifs.

388. — M. Félix Faure à Genève.

389. — Réception du Tsar à Paris.

389ª. « Ulk », 28 août 1896.

389ᵇ. — 9 octobre 1896.

389ᶜ. « Fischietto », 22 septembre 1896.

389ᵈ. — 12 septembre 1896.

CHANSONS PATRIOTIQUES FRANCO-RUSSES
Chantées dans les cafés-concerts de Paris.

390. Salut au Tsar.

391. Au Tsar.
392. Hommage au Tsar.
393. Pour la Tsarine.
394. Chant Impérial Russe.
395. Honneur au Tsar!
396. Salut, Tsar !
397. Bienvenue au Tsar.
398. La Tsarine.
399. La Tsarine (chanson franco-russe).
400. Le Tsar et le Gamin de Paris.
401. Pour bien voir le Tsar.
402. Le Mousse de Cronstadt.
403. Les Marins de la Russie.
404. Salut, Frères de Russie !
405. A la Russie tendons les bras.
406. La Marseillaise franco-russe.
407. L'Hymne d'alliance.
408. Je bois à la Russie.
409. Olga la Russe.
410. Le Messager de la Russie.
411. La Polka moscovite.
412. Cronstadt.
413. Souvenir.
414. Succès du jour.
415. Gloire à notre Président !
416. Le plus fort de France.
417. Le Président des Travailleurs.
418. L'Apothéose Franco-Russe.
419. La Revue du Tsar.
420. L'Escadre Russe.
421. Tout pour la Paix.
422. La Mort du Tsar Alexandre III. « Pleurons tous l'Ami de la France ».
423. Salut au Tsar (hymne patriotique).
424. Vive la Russie (chœur scolaire).
425. Vive le Tsar! vive la Tsarine !
426. La Bratina. Souvenir de Russie.
427. La Tsarewine (mazurka slave).
428. La France au Tsar.

429. Vive le Tsar et la Russie!

430. Le Sultan Blanc (marche sacrée, composée en l'honneur du couronnement du Tsar).

431. C'est le Triomphe de la Paix (marche fraternelle).

432. Un cri séditieux (monologue).

433. Salut à la flotte russe (marche russe).

434. Bienvenue du Tsar. Chanson de France.

435. Marche du Tsar, créée le 14 juillet par le « Gil Blas » et le « Journal ».

436. Chanson franco-russe.

437. Carnot est mort, Carnot vivra.

438. Honneur au Tsar. Souvenir de sa visite en France.

439. Tsarine (marche).

440. Marche russe (chœur).

441. Français et Russe. La Marseillaise et l'Hymne Russe.

442. Salut aux Marins russes (chant patriotique).

443. — à la Tsarine (chanson franco-russe).

444. Saluons le Tsar (chanson patriotique).

445. Salut au Tsar Alexandre III (hymne patriotique).

446. La Couronne de Myosotis (romance de l'Orpheline de la Néva).

447. Un toast à l'Alliance franco-russe.

448. Le Drapeau de la Paix.

449. Salut au Tsar Nicolas II.

450. La Fête de la France.

451. Les Trois Couleurs.

452. L'Alliance en deuil. La Mort du Tsar.

453. A l'armée russe. Ypa pour le Czar.

454. Hommage à M. de Mohrenheim, ambassadeur de Russie.

455. Marche russe.

456. Vive la Russie (chœur scolaire).

457. Le Pochard Franco-Russe.

458. La Tzarévna.

MUSIQUE POUR PIANO

459. Tsar champagne.
460. La Tsarine (mazurka russe).
461. Marche russe.
462. Le Nord et l'Occident (marche russe).
463. Bienvenue au Tsar et à la Tsarine (poésie de A. Prost).
464. Pour bien voir le Tsar.
465. Ce qu'on n'oublie pas.
466. Lettre d'un petit Français à S. M. le Tsar Nicolas II.
467. Un dîner à Saint-Pétersbourg.
468. L'Enfant Russe.
469. Salut aux Marins russes.

CARTES POSTALES ILLUSTRÉES ET COLORIÉES

470. L'arrivée de Leurs Majestés Impériales à Cherbourg.
471. Le cortège Impérial dans les Champs-Élysées.
472. Le feu d'artifice au Trocadéro.
473. Pose de la première pierre du pont Alexandre III.
474. L'arrivée de Leurs Majestés Impériales à Versailles.
475. La revue à Châlons.
476. Souvenir de la visite du Tsar et de la Tsarine.
477. Paris, 6 octobre. Armoiries de France et de Russie.
478. Portraits des Souverains et de M. Félix Faure.
479.   —   de S. M. Nicolas II.
480.   —   de S. M. l'Impératrice Alexandra-Féodorovna.
481.   —   de Leurs Majestés Impériales.
482. Bibliographie des Souverains.
483. Carte « Vive la France! vive la Russie! ».
484 à 508. 25 cartes postales franco-russes, sujets différents.

509 à 514. 6 cartes-lettres de diverses nuances, avec texte imprimé en russe et en français, timbres à l'effigie du Tsar Alexandre III et l'aigle russe. Cronstadt, 1891, Toulon, 1893.

515 à 520. 6 cartes postales, nuances variées. Paris, Cherbourg, Versailles, Châlons.

PAPIER A LETTRE, ENVELOPPES ET TIMBRES

521. Enveloppe deuil. Portrait du bien-aimé Tsar Alexandre III.

522.   —   —   Portrait du regretté Président Carnot.

523.   —   La Famille Impériale.

524 à 548. 25 feuilles de papier à lettre de divers sujets.

549 à 564. 16 cartes-lettres différentes, avec portraits des Souverains Russes et de M. Félix Faure.

565 à 614. 50 timbres-poste de Napoléon Ier (1804-1814), de différentes couleurs, aux effigies des Tsars Alexandre III, Nicolas II, de la Tzarine Alexandra-Féodorovna, des Présidents Carnot, Casimir Périer et Félix Faure.

615 à 617. 3 enveloppes deuil. Souvenir commémoratif, 1er novembre 1894, 24 juin 1894. Effigies du Tsar Alexandre III et du Président Carnot.

PROGRAMMES DES FÊTES FRANCO-RUSSES

618. Souvenir du Tsar, avec portraits de Leurs Majestés Impériales.

619 à 624. 6 programmes sur papier de Chine, cadres différents.

625. 1 Souvenir, avec portraits des fondateurs de l'Alliance.

626. 1 Souvenir, bords guillochés dorés, avec portraits des Souverains Russes. Au verso, le programme officiel.

627. Souvenir des fêtes franco-russes. Carte fleurdelisée, avec portrait du Tsar Nicolas II. Au verso, les toasts prononcés par l'Empereur de Russie et le Président de la République.

628. Vive la France! vive la Russie!

629. Programme détaillé des fêtes.

630. Diorama s'allongeant, montrant, dans la perspective de la place de la Concorde à l'Arc de Triomphe, le « Cortège Impérial ».

631. Calendrier franco-russe de 1897, avec sujets allégoriques.

632.   —   éphéméride. Portrait du Président Faure.

633. Buvard avec aigle russe doré.

634.   —   avec aigle, bordure tricolore.

635. Cadre carton blanc repoussé. Portrait du Tsar Nicolas II.

    — carton blanc repoussé. Portrait de la Tsarine.

636. Carton à jour représentant la tête de S. M. l'Empereur de Russie.

637 à 646 10 cahiers d'écolier. Épisodes du voyage de Leurs Majestés Impériales, en France.

647 à 650. 4   —   Épisodes du couronnement à Moscou.

651. Couverture du livre « De Paris au Soleil de Minuit », avec drapeaux des deux nations. « L'Union fait la Force ».

652 à 947. 295 vignettes représentant les marques franco-russes déposées et exploitées par les fabricants français.

948. Pancarte en toile peinte aux coul. des deux nations amies, avec inscription : « Collection du russophile P. Deschamps ».

949. Verre en cristal sur lequel sont reproduits les toasts.

950. Éventail patriotique, avec drapeaux russes et français, de la Maison E. Buissot, de Paris.

951.   —   populaire franco-russe.

952. Images coloriées de la Maison Pellerin, d'Épinal.

953 à 958. 6 cahiers d'écoliers avec sujets patriotiques de la Maison Vragné, de Pont-à-Mousson.

959. Programme illustré. En tête, dans les armoiries russes, la famille impériale; au bas, dans des trophées de drapeaux, le Tsar et le Président.

TABLEAUX DE COMMERCE FRANCO-RUSSES

960. Tableau à Anisette des Tsars, avec inscription russe.
961. — Curaçao russe.
962. — Tsar champagne, de Champion, à Reims.
963. — Poudre Tsarine.
964. — Savon du Tsar.
965. — Touriste franco-russe.
966. — Le Franco-Russe. Soldats et marins russes fraternisant.
967. — chromo, de la Maison Black de Cambrai, représentant des marins russes et français. « Souvenir de Cronstadt-Toulon. »
968. — chromo, de la Maison Black de Cambrai, représentant la revue de Châlons (1896). Cantinières russe et française fraternisant.
969. — Impératrice de Russie. Dans un médaillon, le portrait de la Tsarine Alexandra-Féodorovna, de la Maison Bourjois et Cⁱᵉ.

BOITES A PAPIER A LETTRE

970. Boite. Portraits du Tsar et de la Tsarine.
971. — La Bienvenue (boîte bleue), avec portraits de Leurs Majestés Impériales.
972. — Papier du Tsar Nicolas II (boîte jaune et noire).
973. — Le Courrier du Tsar.
974. — France et Russie (boîte bleue, rouge et jaune).
975. — Correspondance russe.
976. — Le Triomphe de la Paix. Sur les côtés, sujets allégoriques de Cronstadt-Toulon, du couronnement et du voyage en France de l'Empereur et de l'Impératrice de Russie.
977. — fond jaune. Le Petit Russe.

978. Boîtes décorées à papier à lettre, avec portraits des Souverains Russes (Paris, 1896).

PORTE-MONNAIE

979. Porte-monnaie. France-Russie. Portraits du Président Félix Faure et des Souverains Russes.

980. — Les armes de France et de Russie au milieu d'un trophée de drapeaux.

981. — Portraits de Leurs Majestés Impériales.

982. — La France recevant la Russie.

983. — cuir rouge. Le Tsar.

984. — noir. Aigle russe.

985. — en cuir rouge, avec portraits du Tsar Nicolas II et du Président Félix Faure, entourés de drapeaux des deux nations.

986. — en cuir noir, avec portraits du Tsar Nicolas III et du Président Félix Faure, entourés de drapeaux des deux nations.

SAVONS FRANCO-RUSSES

987. Savon du Tsar.

988. — du tsar Nicolas.

989. — Impérial Russe.

990. — Princesse Olga.

991. — Lilas Russes.

992. — Union franco-russe.

993. — Aigle russe.

994. — de l'Espérance.

995. — Impérial Russe Figaro.

996. Savon des Ducs de Russie.

997. — des Tsars.

998. — Souvenir de Cronstadt.

999. — Le Petit Russe.

1000. — Moska.

1001. — Fleurs Russes.

1002 — Duchesse Olga.

1003. — Bruyères du Caucase.

1004. — des Escadres Franco-Russes.

PARFUMERIE FRANCO-RUSSE

1005. Poudre aux lilas russes.

1006. Boîte à savon des Tsars, de la Maison Martial. Dans deux médaillons, portraits de Leurs Majestés Impériales, « Paris, 6 octobre 1896 ».

1007. Sachet en soie jaune rayée noir, « Bouquet russe ».

1008. Flacon parfum « Cour de Russie ».

1009. — « Cronstadt-Toulon ».

1010. Pâte crème Moscovite.

1011. Étiquettes à parfumerie franco-russe de la Maison L. T. Piver, de Paris.

1012 à 1017. Vignettes illustrées de la Maison Millot et Desprez, parfumeurs à Paris :

Parfum « Violettes Russes ».

— « Impérial Russe ».

Extrait « Impérial Russe ».

Eau de Cologne Impérial Russe.

— de Violette Russe.

— Impériale Russe.

1018. Savon « Violettes du Tsar », de la Maison Oriza.

1019. Bouquet Souvenir « Paris-Moscou ».

1020. — Alexandre III.

1021. — de l'amitié franco-russe.

1022. — Cronstadt-Toulon.

1023. Huile Moskva, France et Russie, de E. Couty.

1024 à 1025. De la Maison Bleuze-Hadancourt, de Paris : Boîte de parfums « Violetta Imperata ».

— essence russe « Brise de la Néva », avec l'aigle Impérial russe.

1026. Flacon parfum de Nijni-Novgorod, de la Maison Piver.

1027. — parfum « Myosotis Riga », de la Maison Pinaud.

1028. — « Souvenir, 1896 », de la Maison Viville.

1029. — Lilas russes, de la Maison Monpelas.

1030 à 1037. Produits de la Maison Victor Vaissier : Boîte en métal décoré « La Moscovite ».

— savon « Princesse Olga ».

— savon « Fleurs russes ».

Flacon. Eau de Cologne Impériale, avec étiquette riche. Dans un médaillon, le portrait de S. M. la Tsarine Alexandra-Féodorovna.

— essence « Princesse Olga ».

— parfum « Princesse Olga ».

— essence Fleurs Russes.

Savon « L'Impérial Russe ».

1038. Poudre « Impératrice de Russie », avec portrait de la Tsarine, de la Maison Bourjois et Cie.

1039. Boîte savon Impérial Russe.

1040. Parfum bouquet Souvenir, de la Maison Pinaud.

1041. Boîte de poudre Violettes du Tsar, de la Maison Oriza.

1042. Parfum de la Petite Grande-Duchesse Olga, de la Maison Bouchard, de Paris.

1043. Eau de toilette de la Petite Grande-Duchesse Olga, avec étiquette, papier satiné, de la Maison Bouchard.

1044. Boîte à savon des Boyards.

1045. Savon des Boyards.

1046. Boîte à poudre. Portraits des Souverains Russes.

1047. Vignettes à parfumerie de la Maison Pinaud, de Paris.

1048. Parfum bouquet de Livadia   —

1049. — bouquet de Cronstadt-Toulon   —

1050. — bouquet du Kremlin   —

1051. — bouquet « Olga »   —

1052. — bouquet « Amiral Avellan »   —

VINS DE CHAMPAGNE

1053. 1 bouteille « Tsar champagne », de Champion, à Épernay.
1054. — Grand Toast.
1055. — « Nicolas Impérial Russe ».
1056. — Vin des Tsars, de P. Maufoux.
1057. — Royal Moscou.
1058. — Tsar Nicolas.
1059. Vins de Champagne et liqueurs :

Le Favori du Tsar ; Nicolas II Champagne ; Tsar-Champagne ; Toast au Tsar ; Vin des Tsars ; France et Russie ; Cronstadt-Toulon ; Tsar Nicolas II ; Royal-Moscou ; Nicolas-Impérial-Russe ; Le Grand-Toast ; Des Amis de la Russie ; Royal-Moscou. — Le Moscou Apéritif russe ; Anisette des Tsars ; Curaçao Russe ; Le Russophile ; Rhum Olga ; Rhum Saint-André ; la Duna Liqueur Russophile ; Champagne Impérial Russe et Wladimir de Bouvet-Ladubay.

ARTICLES DE FUMEURS

1060. Pipe en bruyère « L'Alliance ».
1061. — Marin russe.
1062. — avec aigle russe appliqué.
1063. — France et Russie.
1064. Plateau cendrier en métal « Cronstadt-Toulon ».
1065. Fume-cigarette franco-russe.
1066. — carton tricolore.
1067. — en ambre avec aigle russe.
1068. — Portrait du Tsar.
1069. — en bois. Portrait du Tsar.
1070. Blague à tabac, casquette russe en drap.
1071. — casquette russe, métal nickelé, avec armes russes.
1072. — cuir et métal nickelé, avec drapeaux émaillés.

1073. Blague à tabac, cuir et métal. Soldats Français et Russe.

1074. — en métal blanc. Médaillon portrait.

1075. — — en métal blanc ovale. Portrait.

1076. — en métal blanc, avec aigle russe.

1077. — en métal blanc. France et Russie.

1078. — en métal blanc. 2 mains entrelacées.

1079. Porte-cigarette métal blanc, avec armoiries russes.

1080. — en celluloïd vert, bords guillochés.

1081. — avec armoiries russes et françaises.

1082. Boîte à allumettes métal blanc, avec aigle russe appliqué.

1083. Cahier de papier à cigarette « Le Tsar. Hommage respectueux ».

1084. — — Franco-Russe.

1085. — — Le Tsar.

1086. — — avec drapeaux, de la Maison Labrousse, à Angoulême.

1087. Boîte à allumettes émaillées. Portr. du Tsar Alexandre III.

1088. — émaillées. Portr. du Président Carnot.

1089. — émaillées. Portrait du Tsar Nicolas II.

1090. Fume-cigarette en bois. Portrait du Tsar Nicolas II.

1091. — en écume. Portrait du Tsar Nicolas II.

1092. Porte-cigare en bois. Portrait du Tsar Nicolas II.

1093. — en bois, avec aigle russe.

1094. — en écume, avec aigle russe.

1095. — en écume. Portrait du Tsar Nicolas II.

1096. Blague à tabac en cuir, avec dessus en métal nickelé. Aigle russe.

1097. — ronde, en métal blanc. La Tsarine.

1098. — ronde, en métal blanc. Marins russe et français.

1099. — ronde, en métal blanc. Le Tsar Alexandre III.

1100. — ovale. Officiers russe et français fraternisant en présentant leur drapeau.

1101. — ovale. Aigle impérial russe.

1102. — ovale. Tête de la République accolée à l'aigle russe.

1103. — ovale. La Tsarine.

1104. — évidée, avec aigle russe.

1105. — ondulée, avec aigle russe.

1106. Blague à tabac, casquette de la marine russe. Symbole de l'alliance.

1107. Porte-cigarette, métal blanc ondulé. Portrait du Tsar
— Alexandre III·

1108. — métal blanc. France et Russie, deux mains entrelacées.

1109. — Officiers russe et français, avec drapeaux
— déployés.

1110. — avec aigle russe.

1111. — Tête de la République accolée à l'aigle russe.

1112. Cendrier plateau, avec poignées. France et Russie.

1113. — avec poignées avec aigle russe.

1114. — colorié. Officier de la Garde russe et cuirassier français.

1115. Porte-allumettes métal blanc, avec aigle russe.

1116. — métal blanc, avec aigle russe.

1117. Pipe en bois avec applique « France et Russie ».

1118. Pipe en terre. Le Tsar, toque marron.

1119. — Le Tsar, toque noire.

1120. Fume-cigare, bois noir et ambre, avec aigle russe applique.

1121. Porte-cigarette en celluloïd « Tsar Alexandre III ».

1122. — « La tsarine Alexandra-Féodorovna ».

1123 et 1123ª. 2 pipes en terre « Tsar Alexandre III ».

1124 et 1124ª. 2 pipes en terre « Tsar Nicolas II ».

1125. 1 pipe en bois sculptée « France et Russie », avec deux mains entrelacées.

ASSIETTES DÉCORÉES. — SOUVENIRS DES FÊTES

1126. Assiette bord festonné, vieille faïence. Armoiries russes avec la couronne.

1127. — en faïence, bord bleui, avec aigle impérial. Au dessus de la couronne, le drapeau français et celui de la marine russe. Cronstadt 1891-Toulon 1893.

1128. Assiette en faïence avec drapeaux russes et français, spécimen de celles qui servirent au banquet donné, en 1889, dans le palais de l'Industrie, aux 12.000 maires de France.

1129.   — du Tsar de la Paix, Alexandre III.

1130.   — de l'Empereur Nicolas II.

1131.   — de l'Impératrice Alexandra-Féodorovna.

1132.   — du regretté Président Carnot.

1133.   — bordure bleu royal. Portrait du Tsar Nicolas II.

1134.   — à jour « Souvenir de la visite du Tsar, 1896 ».

1135.   — « La Bratina », chant de la Fraternité. Souvenir de Cronstadt, 1891.

1136.   — « La Bratina », avec drapeaux en couleur. Symbole de l'alliance.

1137. Vide-poche en porcelaine à jour « Vive la France ! vive la Russie ! ».

1138. Cendrier en porcelaine, coins repliés. Portrait du Tsar Nicolas II.

1139.   — « Vive la France ! vive la Russie ! »

1140.   — Souvenir de la visite du Tsar.

1141. Encrier en porcelaine avec les toasts.

1142. Verre gravé. Dans un médaillon, portrait du Tsar.

1143.   — « Souvenir, octobre 1896 ». Au milieu, un trophée de drapeaux russes et français émaillés.

1144.   — émaillé. Portrait du Tsar.

1145.   — émaillé. Portrait de la Tsarine.

1146.   — opale « 6 octobre 1896 ». Portraits, impression couleur havane, de Leurs Majestés Impériales.

1147.   — bleu émaillé de S. M. le Tsar en costume du couronnement.

1148. Statuette en porcelaine coloriée. Le Tsar.

1149.   — en porcelaine coloriée. La Tsarine.

1150. Assiette en faïence. M. Félix Faure, Président.

1151.   — Portraits des Souverains Russes dans deux médaillons. Paris, octobre 1896.

BUSTES EN TERRE CUITE ET BRONZES

1152. Terre cuite coloriée. Portrait en pied de l'Ami de la France, S. M. Nicolas II, en costume de général.

1153. Buste colorié du Tsar Nicolas II en costume militaire.

1154. — en terre non cuite de S. M. le Tsar Alexandre III.

1155. — en terre non cuite de S. M. le Tsar Nicolas II.

1156. — de S. M. l'Empereur Alexandre III.

1157. — en biscuit du Tsar Nicolas II.

1158. — en biscuit de la Tsarine.

1159. -- en plâtre rouge. Le Tsar Nicolas II.

1160. — en plâtre rouge. La Tsarine.

1161. — en biscuit de Sèvres. Le Tsar Nicolas II.

1162. — en biscuit. La Tsarine Alexandra-Féodorovna.

1163. — en bronze. Le Tsar.

1164. Pot à tabac. Groupe en terre cuite. Soldats russe et français fraternisant.

1165. Médaillon en bois durci, à l'effigie de LL. MM. l'Empereur et l'Impératrice de Russie.

1166. — en bois durci, à l'effigie du Tsar Nicolas II.

1167. — en biscuit de Sèvres, à l'effigie du Tsar Nicolas II.

1168. Terre cuite. Femme russe.

1169. — Russe.

1170. Buste en porcelaine du Tsar Nicolas II.

1171. — en porcelaine de la Tsarine Alexandra-Féodorovna.

1172. — en terre cuite de S. M. l'Empereur Alexandre III.

1173. Bronze d'art. Buste du Tsar Nicolas II monté sur socle à embase recouvert de velour jaune avec liseret noir et blanc. Au milieu, l'aigle russe accolé au coq gaulois.

Nota. — Cette pièce artistique très remarquable est l'œuvre de M. Auger, le joaillier bien connu de Paris.

1174. Buste en terre cuite du regretté Président Carnot.

1175. — en stuc de S. M. l'Empereur de Russie.

1176. — en stuc de S. M. l'Impératrice de Russie.

1177. — en stuc à embase verte. Le Tsar.

1178. — en stuc à embase verte. La Tsarine.

LIQUEURS FRANCO-RUSSES

—※—

1179. Curaçao Russe, de Varenne fils, à Pantin.
1180. Le Russophile, de Prévost, à Montauban.
1181. Le Moscou, apéritif de E. Barbin, à Clermont-Ferrand.
1182. « La Moscova », liqueur de Beusse, à Périgueux.

MOUCHOIRS SOUVENIRS ET PATRIOTIQUES

—※—

1183. Mouchoir en soie blanche, bords festonnés, avec drapeaux brodés.
1184. — en soie jaune, avec aigle russe.
1185. — en soie jaune avec armoiries impériales.
1186. — en soie jaune avec aigle russe bordé de drapeaux.
1187. — en soie blanche. Vues du Kremlin et de Paris.
1188. — bordure jaune et noire. Dans un coin, armes russes.
1189. — en cotonnade, avec drapeaux et écussons de l'alliance.
1190. — en cotonnade, avec drapeaux imprimés.
1191. — Cronstadt-Toulon.
1192. — — avec inscriptions russes.
1193. — en calicot, impression rouge. « Le Tsar ».
1194. — bordure rouge, aux armes de Russie.
1195. — bordure bleue, aux armes de Russie.
1196. Foulard en cotonnade jaune, impression noire. Souvenir en France de l'Empereur et de l'Impératrice de Russie.
1197. — en cotonnade blanche, impression rouge.

Mouchoirs imprimés des *Magasins du Bon Marché de Paris.*

1198. Mouchoir en fil. « Le Tsar à cheval ».

1199.   —   Leurs Majestés Impériales de Russie en costumes du couronnement.

1200.   —   Portraits du Tsar et de la Tsarine.

1201.   —   Portrait du Tsar avec la couronne.

1202.   —   Portrait du Tsar revêtu du manteau du couronnement.

1203.   —   bordé de drapeaux « Nicolas II, 1896 ».

1204. Bretelles riches, soie jaune, aigles noirs brodés (création des Magasins du Bon Marché).

BIJOUTERIE PARISIENNE

—✳—

1205. Chaîne en acier. « France-Russie ».

1206.   —   en acier. « Aigle russe ».

1207.   —   châtelaine. « Le Tsar et M. Félix Faure ».

1208.   —   châtelaine à maille d'acier. Le Tsar et la Tsarine.

BROCHES, ÉPINGLES ET BOUTONS POPULAIRES
Vendus pendant les Fêtes Franco-Russes.

—✳—

1209. Broche en métal blanc. Portrait du Tsar Nicolas II.

1210.   —   en cuivre. Portrait des Souverains Russes.

1211.   —   cercle cuivre. Portrait des Souverains Russes.

1212.   —   Violettes, avec portraits peints.

1213.   —   Drapeaux des deux nations.

1214.   —   en acier forme bouton. « Dieu vous garde ».

1215.   —   aigle russe, imitation vieil argent.

1216.   —   aigle russe, dorée et argentée.

1217. Broche. Pensée du Tsar.

1218. — France et Russie, avec l'ancre.

1219. — en filigrane doré, aigle au centre.

1220. — Portraits des Souverains en costumes du couronnement.

1221. — artistiques. Portraits sur émail des Souverains Russes.

1222. Épingle de cravate, aigle russe.

1223. — de cravate en acier, aigle russe.

1224. — de cravate en acier, aigle russe doré.

1225. — Souvenir de Cronstadt-Toulon.

1226. Épinglette en fonte. Effigie des Souverains Russes.

1227. — en métal. Portraits de Leurs Majestés Impériales.

1228. — Pensée. Portrait de la Tsarine, ruban tricolore.

1229. — France-Russie, les deux mains entrelacées, ruban tricolore.

1230. — aigle russe surmonté de la couronne. Des deux côtés, les portraits de Leurs Majestés Impériales, ruban tricolore.

1231. — aigle russe, avec ruban tricolore.

1232. Boutons de manchettes en nacre, avec aigle russe doré.

1233. — de manchettes en métal, avec drapeaux peints.

MÉDAILLES COMMÉMORATIVES ET MÉDAILLONS

—※—

1234. Médaille en bronze grand module à l'effigie de Leurs Majestés Impériales, frappée en souvenir de leur voyage en France.

1235. — en cuivre. Effigie du Tsar Nicolas II.

1236. — petit module. Effigies de Leurs Majestés Impériales.

1237. — découpée. Effigies des Souverains Russes; au-dessous, M. Félix Faure.

1238. — France et Russie.

1239 et **1239ᵃ**. 2 médailles en aluminium. Nicolas II, Alexandra-Féodorovna.

1240 et **1240ᵃ**. 2 médailles de Saint-Georges.

1241 à **1250**. 10 médailles commémoratives diverses.

1251. Médaillon. Fleurs de myosotis avec émaux.

1252.   —   France et Russie.

1253.   —   Pensée. « France-Russie, 1893 ».

1254.   —   « Souvenir, Cronstadt-Toulon ».

1255.   —   avec aigle russe appliqué.

1256.   —   avec aigle russe. Au revers, R. F.

1257. Applique en peluche bleue décorée du symbole de l'alliance franco-russe, avec portraits du Tsar Alexandre III le Pacificateur et du regretté Président Carnot. Au-dessous, deux mains entrelacées, avec la devise : « L'Union fait la Force ».

1258. Médaillon en biscuit de la Manufacture Nationale de Sèvres. Effigies Russie et France; au dessous, deux mains entrelacées, d'après Chaplain.

1259.   —   Effigies de LL. MM. II. Nicolas II et Alexandra, d'après Chaplain. Au revers, LL. MM. l'Empereur et l'Impératrice de Russie visitant la Manufacture Nationale de Sèvres, 8 octobre 1896.

1260.   —   Le Tsar Nicolas II ; au revers, la Tsarine.

1261.   —   marron. Portraits de Leurs Majestés Impériales de Russie.

1262.   —   noir. Portraits de Leurs Majestés Impériales de Russie.

1263.   —   bordé de feuilles de chêne. Portrait de S. M. le Tsar Nicolas II.

1264. Médaille de l'alliance créée par M. Auger, joaillier.

La médaille ronde est rayonnante et représente une *foy*, c'est-à-dire deux mains entrelacées, dont l'une porte au poignet un bracelet aux couleurs russes et l'autre aux couleurs françaises; des deux mains sortent un bouquet de myosotis et, entourant les mains, un ruban portant les noms de Cronstadt en russe et Toulon en français, avec les deux dates 1891 et 1893.

M. Auger est l'auteur du tableau généalogique qui fut offert à S. M. le Tsar Alexandre III, en 1892. Ce tableau représente l'aigle noir double de Russie.

INSIGNES ET DÉCORATIONS PATRIOTIQUES

— ✳ —

1265 à 1314. 50 insignes et décorations portés par la foule pendant les journées des 6, 7 et 8 octobre 1896.

1315 à 1317. 3 décorations aux couleurs russes et françaises, avec aigle impérial.

1318. Carte Pik-Flor, avec fleurs emblématiques. « Souvenir, Cronstadt-Toulon ».

1319. Petit Russe avec toque d'astrakan, tenant à la main une fleur de myosotis et saluant de la main droite.

1320. Éventail avec insignes. Au milieu d'un nœud tricolore, les portraits en métal blanc des Souverains Russes.

1321. 1 carte menu à l'aquarelle. La France accueillant la Russie.

1322. 1 — Le baiser de la France à la Russie.

1323. 1 — Marin français et aigle russe.

1324. 1 — Soldat français et aigle russe.

1325. 1 — Soldat russe et aigle russe.

1326. 1 — Écussons et trophée de drapeaux des deux nations.

BIBELOTS ET OBJETS DIVERS FRANCO-RUSSES

— ✳ —

1327. Truelle encrier en souvenir de la pose de la première pierre du pont Alexandre III.

1328. Ours de la Sibérie manifestant sa joie. « Moi aussi, vive la France ! »

1329. Boîte à bonbons, avec portrait de S. M. l'Impératrice de Russie.

1330. Vide-poche recouvert de soie tricolore russe, avec aigle.

1331. — recouvert de soie tricolore française.

1332. Tambourin. Apothéose du Tsar Alexandre III. La France associant sa douleur à celle de la Russie.

1333. Panier franco-russe en paille jaune et noire, avec drapeaux des deux nations.

1334. Boîte à fromage franco-russe.

1335. Pelote, avec portrait du Tsar.

1336. — en drap guilloché, avec armes russes.

1337. — poupée russe, en velours jaune.

1338. — Olga, en velours jaune.

1339. Porte-carte en soie tricolore russe, avec armoiries russes brodées.

1340. — en soie tricolore française, avec armoiries russes brodées.

1341. Couteau, « L'Auvergne à la Russie », de J. Pradel, à Thiers.

1342. — manche noir. Officier Russe.

1343. Bateau « Étoile Polaire », avec pavillons russe et français.

1344. Porte-plume en os, avec drapeau des marines russe et française.

1345. — avec drapeaux impérial russe et français.

1346. — Souvenir, 1896.

1347. — Souvenir de la visite du Tsar.

1348. — à jour. Souvenir de la visite du Tsar Nicolas II à Paris.

1349. Soldat russe en métal peint.

1350. Jumelle microscopique, avec vue décorée de drapeaux.

1351. — à vue. Portraits des Souverains Russes.

1352. — double à vue et décorée de drapeaux.

1353. Branche aigrette de paillettes argentées, oiseaux aux couleurs russes.

1354. Œuf surprise en métal. Coq gaulois au milieu des drapeaux russes et français.

1355. Rouleau patriotique. Famille Impériale Russe.

1356. Ouistitis tricolores (vendus le 6 octobre) excitant la foule à crier : Vive la Russie !

1357. Sonnette moscovite en faïence de Nevers, avec armoiries russes.

1358. Soufflet souvenir en faïence de Nevers, avec armoiries russes.

1359. Cendrier souvenir en faïence de Nevers, avec armoiries russes.

1360. Tasse à café moscovite en faïence de Nevers, avec armoiries russes.

1361. Soucoupe de la tasse moscovite en faïence de Nevers, avec armoiries russes.

1362. Grand sachet en satin tricolore, avec cocarde aux couleurs des deux nations.

1363. Nappe Olga, avec pompon tricolore franco-russe.

1364. Serviette russe « Olga », de la Maison Faivre et Cie, de Nantes.

1365. Applique plâtre moulé, fac-similé du cuivre gravé par Faivre. Portraits de LL. MM. l'Empereur et l'Impératrice de Russie.

1366. Tableau. Poésie « **Livadia** ». Deuil National. Russie et France.

1367. Mandoline à musique recouverte de satin aux couleurs nationales russes, avec « Vive la Russie ! »

1368. Poupée. Petit Russe, toque d'astrakan à aigrette, avec les drapeaux russes et français.

1369. Petite boîte à bonbons, recouverte en satin tricolore.

1370. Calendrier portefeuille « Marins russes et français », de la Maison Black. Cronstadt-Toulon.

1371. Porte-mine nickelé « Nicolas II ».

1372. Fleurs Champs-Elysées.

1373. Couteau russe, manche nacre, « L'Auvergne à la Russie ». Modèle de ceux offerts à Toulon aux officiers de l'escadre russe, fabriqué par la Maison Sauzède et fils, de Thiers.

1374. Pensée commémorative à la mémoire du Tsar Alexandre III.

1375. Cadre ovale. Portrait du Tsar peint sur émail.

1376. Vignettes de toutes les marques franco-russes déposées en France (300 environ). Aperçu :

Croquettes du Tsar; Déjeuner Franco-Russe; Chocolat du Tsar ; Crème Olga; Thé des Saints Czars; Biscuits Czarines, Croquettes de l'Alliance Franco-Russe; La Russophile; Impérial Russe; Petit Russien; La Favorite Russe; Souvenir de Croustadt; Amiral Avellau; L'Auvergne à la Russie: La Semaine Russe; Aux armes de Russie; Bienvenue à l'Empereur; A l'arrivée du Tsar; A l'Escadre Russe; Czar violette; Au Tsar vénéré Alexandre III; Fleurs Moscovites; Le Courrier du Tsar; France et Russie ; Grande-Duchesse Olga; Au Tsar de la Paix; A la Flotille Russe; Aux Drapeaux Russes ; Aux Fêtes Franco-Russes; Union Franco-Russe; Aux Races réunies; A nos Amis Russes; Souvenir de Toulon; Souvenir de Croustadt; Impératrice de Russie; Tzarewna; Impérial Nicolas II, etc., etc.

1377. Vignette. La Franco-Russe, avec drapeaux entrelacés des deux nations.

1378. — Aux amis de la France. Hommage du Canada.

1379. Ballon vénitien franco-russe.

1380. Lanterne vénitienne franco-russe.

1381. Drapeau militaire franco-russe.

1382. Porte-aiguille avec drapeaux.

1383. Jeu de l'alliance.

1384. Surprise franco-russe.

1385. Question « Vive la Russie! ».

1386. Boîtes de cordonnet et soie moscovites de la Maison Picquefeu.

1387. Effigies des Souverains Russes sur carton repoussé.

1388. Portraits de Leurs Majestés Impériales peints sur métal (Paris, 6 octobre 1896).

1389. Portraits de Leurs Majestés Impériales de Russie imprimés sur satin blanc par la Maison B. Arnaud, de Lyon.

1390. Coffret à bijoux. Portraits des Souverains Russes.

1391. Bonbonnière en métal à l'effigie du Tsar.

1392. — en métal à l'effigie de la Tsarine.

1393 à 1395. 3 soldats russes en carton pâte.

1395ᵃ. Petit drapeau russe.

1395ᵇ. Boîte à bonbons « La Troïka ».

1396. — « La Tsarine ».

1397. Presse-papier en verre. Portraits des Souverains Russes.

1398. — Portrait de la Tsarine.

1399. — Portrait du Tsar.

1400. Tapis Nicolas.

1401. Vide-poche en filigrane doré, avec portraits de Leurs Majestés Impériales.

1402. Gobelet métal blanc, avec sujet allégorique et armoiries de France et de Russie.

1403. Carnet de poche en celluloïd, « aux armes de Russie ».

1404. Plateau, cuivre repoussé, « Le Pain et le Sel », avec inscriptions russes.

1405. Glace de poche. D'un côté, les portraits de la Famille Impériale ; de l'autre, l'Hymne Russe.

1406. Cordelière franco-russe en soie jaune et noire.

1407. Boîte à sel, avec drapeau de la marine russe.

1408. Nécessaire de poche, avec portraits en relief des Souverains Russes.

1409. Cadre avec pensées. Portrait du bien aimé Tsar Alexandre III.

SUPPLÉMENT AU CATALOGUE

1410. Cadre avec fleurs de myosotis, bord en cuivre. Portrait de S. M. l'Empereur.

1411. — avec fleurs de myosotis, bord en cuivre. Portrait de S. M. l'Impératrice.

1412. Boîte à papier « aux amis de la France ». Au milieu de l'aigle impérial, dans deux médaillons, les portraits des Souverains Russes.

1413. Boîte papier russe. Dans un médaillon, tête de femme russe.

1414. — papier à lettre « France et Russie ». Dans un médaillon, entouré de trophées de drapeaux des deux nations, S. M. le Tsar et le Président de la République à cheval.

1415. — en satin tricolore.

1416. Boîte décorée des Escadres Franco-Russes.

1417. Cadre deuil « Russie et France. Livadia, 1894 ».

1418. Boîte papier à lettre aux couleurs nationales. Le « Franco-Russe ».

1419. Bonbonnière en métal. Portraits des Souverains Russes.

1420. « La Moscovite », boîte ronde en métal.

1421. Éventail patriotique franco-russe.

1422. Baiser de France à LL. MM. le Tsar Nicolas II et l'Impératrice Alexandra-Féodorowna.

1423. Kinéphysiographe. Le *Salut* du Tsar.

1424. Proclamation de M. Lemercier, maire de Saintes, aux habitants de la ville.

1425. Adresse de la Municipalité de Saintes envoyée au Ministre des Affaires étrangères pour être transmise à LL. MM. l'Empereur et l'Impératrice de Russie.

1426. Proclamation de M. Juliard, maire d'Épinal, à ses concitoyens.

1427. Chromo. Petit portrait colorié du Tsar Nicolas II

1428 à **1433.** 6 broches franco-russes, cercles différents. Souvenirs des fêtes.

1434. Assiette en faïence. Dans un médaillon, le portrait de M. Félix Faure; autour, sujets des épisodes de sa vie.

1435. Porte-allumettes métal blanc, guilloché, aux armoiries russes.

1436. Kaléidoscope. Le Tsar à Paris.

1437 à 1446. 10 feuilles dessins histoire. Entrevue de Paris, 6 octobre 1896.

1447. Glace révélatrice. Portrait de S. M. le Tsar Nicolas II invisible.

1448. Miroir-surprise reflétant le portrait du Tsar.

1449. — reflétant le portrait de la Tsarine.

1450. Porte-cigarettes en celluloïd. Portrait du Tsar Nicolas II. Au bas, drapeaux des deux nations.

1451. Couteau russe de Sauzède et fils à Thiers. Modèle de ceux offerts à Toulon aux officiers de l'escadre russe (1893).

Imagerie d'Épinal, Pellerin et Cie

1452. Image. Une revue à Saint-Pétersbourg.

1453. — Les marins français en Russie.

1454. — S. M. Alexandre III.

1455. — Hommage et bienvenue à l'Hôte illustre de la France.

1456. — France-Russie, avec médaillons portraits des fondateurs de l'alliance et l'Hymne nationale russe.

1457. — Hommages et regrets au bien aimé Tsar Alexandre III, 27 novembre 1894.

1458. — Mariage du Tsar Nicolas II, né à Saint-Pétersbourg le 6 mai 1868.

1459. — Numéros de tirage au sort.

1460. — « Honneur et Patrie, Espoir. »

1461. — France-Russie. Races réunies.

1462. — La Fraternité, la Paix par l'Union.

1463. — L'amiral Avellan. La fraternité de la Marine.

1464. — Paris, 6-7 octobre; Versailles, 8 octobre 1896. Épisodes du voyage des Souverains Russes.

1465 à 1489. 25 programmes officiels des fêtes, avec vues de monuments de Paris. En tête, la Famille Impériale; au bas, dans des trophées de drapeaux, le Président Félix Faure et le Tsar Nicolas.

1490. Dessin du gobelet émaillé qui a été distribué à Moscou le jour du couronnement de S. M. le Tsar Nicolas II.

1491. Tableau. Impératrice de Russie.

1492. Journal « Le Petit Parisien ». L'Ambassadeur de Russie au tombeau du Président Carnot.

Fêtes du couronnement de Moscou.

1493. « L'Illustration » du 20 mai. Entrée solennelle à Moscou. Le Cortège Impérial traversant la place Rouge.

1494. « Le Monde Illustré ». Arrivée de LL. MM. l'Empereur et l'Impératrice à la gare du Brest.

1495. « Le Monde Illustré ». La cérémonie du Couronnement à la cathédrale de l'Assomption.

1496 à 1498. 3 tableaux à parfumerie, tôle vernie, de Victor Vaissier.

1499 à 1504. 6 cartes menus franco-russes de différents sujets.

1505. Affiches de la boîte à sel franco-russe tirées sur les presses de la Maison Bataille.

1506. Disque franco-russe.

1507. Chromo. S. M. l'Empereur.

1508. — S. M. l'Impératrice.

1509. Etiquette tricolore du thermomètre franco-russe.

1510. Affiche grand format. « Michel Strogoff. »

1511. — petit format. L'Alliance franco-russe.

1512. Programme illustré de « Michel Strogoff. »

1513. Couteau en aluminium. Le Tsar Nicolas II.

1514. — Le Patriote (Cronstadt-Toulon). Sur chaque côté, marin russe et français.

1515 à 1526. 12 médailles en cuivre souvenirs du 6 octobre 1896. D'un côté, l'effigie de S. M. le Tsar Nicolas II ; de l'autre, la tête de la République Française.

1527. Programme de la représentation de gala organisée à Nevers pour fêter la présence du Tsar à Paris, composé de : France-Russie, l'alliance de deux grands peuples, Toulon-Cronstadt-Paris.

1528. Le Marseillais franco-russe, l'Hymne Russe.

1529. France-Russie. Musique pour piano.

1530. Photographies et linographies du voyage de LL. MM. l'Empereur et l'Impératrice de Russie en France, d'après les clichés de Pierre Petit et fils, de Paris.

1531 à 1534. 4 photographies de G. Bourgeois « Le Cortège Impérial à Saint-Cloud ».

1535. Proclamation du maire de Choisy-le-Roi aux habitants.

1536 à 1538. 3 affiches franco-russes.

1539 à 1542. 4 photographies d'après les tableaux exposés au Salon de 1897.

1543 à 1546. 4 journaux illustrés représentant les tableaux franco-russes du Salon de peinture de 1897.

1547. Proclamation du maire de Boulogne-sur-Seine aux habitants. *Le Maire* : E. Jochum.

1548 à 1567. Chromos, imprimerie Laas et Cⁱᵉ.

— 🙾 —

Dans l'autre collection rassemblée par M. Philippe Deschamps, et qu'il destine à S. M. l'Empereur de Russie, beaucoup d'industries sont représentées, telles que : la porcelaine de Sèvres; les cristalleries de Baccarat, de Bohême; la faïencerie de Redon-Demartial et Cⁱᵉ, de Limoges, celles de Sarreguemines, Lunéville, Nevers, Creil, Montereau et Choisy-le-Roi ; les verreries de Saint-Denis, Pantin, Clichy, Sèvres; les soieries de Lyon et de Saint-Etienne ; les fabriques de tissus de Deville-lès-Rouen, de Deffrennes Canet à Lannoy, de Troyes ; l'imagerie Pellerin et Cⁱᵉ, d'Epinal; Vragné, de Pont-à-Mousson; Geisler, de Raon-l'Etape.

L'industrie parisienne y est représentée par la gainerie, miroiterie, maroquinerie, savonnerie, parfumerie, bijouterie-joaillerie, orfèvrerie, bimbeloterie, mercerie, draperie, carton, nages, éventails, jouets, pipes, boîtes métalliques, enfin tous les bibelots des petits fabricants dont l'ingéniosité est si grande et qui ont pour spécialité « l'article de Paris ».

Pour la collection destinée à S. M. le Tsar Nicolas II, M. Philippe Deschamps a pu, après bien des efforts, réunir les affiches des fêtes franco-russes des 5-9 octobre 1896; les copies des télégrammes, des adresses, envoyés à Leurs Majestés Impériales, les délibérations des Conseils municipaux de France, de Corse, d'Algérie et Monaco, de Paris, Toulon, Brest, Marseille, Lyon; les documents de la réception des marins russes. Toutes ces pièces officielles seront réunies dans un « Livre d'Or » qu'il offrira à M. Félix Faure, Président de la République, à S. M. Nicolas II, Empereur de toutes les Russies, et au Musée Impérial Historique de Moscou.

Nota. — Cent vingt-cinq fabrications différentes ont été réunies, classées et cataloguées ; elles représentent environ 6000 pièces!

— ⬦◦◦◦⬦ —

A SA MAJESTÉ L'EMPEREUR DE RUSSIE

SIRE,

Un habitant de Paris, M. Philippe Deschamps, qui a représenté le Comité du Souvenir franco-russe aux funérailles de l'Empereur Alexandre III, demande à Votre Majesté la permission de lui offrir une collection unique.

Cette collection comprend toutes les œuvres d'art, tous les objets populaires, toutes les images et publications qu'ont inspirés dans le monde entier les fêtes célébrées en Russie et en France, à l'occasion du rapprochement de nos deux pays, et particulièrement la visite que Leurs Majestés Impériales ont daigné faire à Cherbourg, à Paris, à Châlons.

L'abondance et la variété de ces souvenirs attesteront la profonde impression que laissent dans tous les esprits et dans tous les cœurs des événements si mémorables.

Votre Majesté y trouvera la preuve de la sincérité et de la force des sentiments populaires dans notre pays. Elle y verra à quel point le peuple de France Lui est respectueusement attaché, quels vœux il forme pour le bonheur et pour la grandeur de la Russie.

A. MÉZIÈRES,
de l'Académie française.

BRATINA
Chœur patriotique Franco-Russe

Paroles de Armand Lafrique.

Musique de Anatole Lantelme.

I

Frémis encore, Europe entière,
Entends vibrer l'écho vainqueur;
Il dit que notre France fière
A la Russie unit son cœur.
Quand vers le Nord le canon gronde,
C'est pour célébrer sans détours
Des deux peuples l'ardent amour.
Chantons à la face du monde :

REFRAIN

Nous suivons le même chemin,
Dans nos cœurs renaît l'espérance,
Car aujourd'hui, comme demain,
On verra, la main dans la main.
Marcher, marcher la Russie et la France,
Marcher, marcher la Russie et la France.

II

Dédaignant la menace vaine,
Sachons par de communs efforts
River la fraternelle chaîne
Qui fait les peuples grands et forts.
Salut, soleil! ton feu colore
Du même éclat pur et brillant
Des Russes l'étendard vaillant
Et notre drapeau tricolore.

III

Avant de quitter votre terre,
Trinquant pour la dernière fois,
Nos marins ont brisé leur verre.
Unissant leurs voix à vos voix,
Et nous avons tressailli d'aise
En entendant soudain dans l'air
Passer comme un sublime éclair
L'*Hymne Russe* et la *Marseillaise*.

BIBLIOGRAPHIE

De nos jours il est commode de voyager, et, avec une bourse bien garnie, on entreprend, sans fatigue, le tour du monde. Mais relater ses impressions de voyages et, surtout, les rendre intéressantes, c'est plus difficile, car ce labeur exige une certaine dose de patience opiniâtre et intelligente : monnaie qui n'est pas toujours courante.

M. Philippe Deschamps, avantageusement connu des touristes par ses excursions en **Amérique**, en **Egypte** et en **Russie**, vient de nous charmer encore par un récit bien captivant : **De Paris au Soleil de Minuit**! Il nous décrit une partie de l'Allemagne, le Danemark, la Suède, la Norvège, et soutient l'intérêt par ses impressions sur les Fjords de Norvège, le Cap Nord et le Soleil de Minuit.

Dans cet ouvrage irréprochable, où l'imagination ne joue aucun rôle comme dans les travaux de Jules Verne, il y a des pages particulièrement remarquables et instructives sur les mœurs des Suédois et des Norvégiens.

L'auteur trace magistralement et consciencieusement une route sûre, économique, au touriste, lui évitant toute perte de temps, en signalant les beautés séduisantes des sites, sans oublier les richesses artistiques des villes.

Tout est écrit sans prétention, ce qui dénote un caractère sérieux, et de nombreuses pages sont finement émaillées d'observations politiques indiquant un esprit judicieux et enrichies de notes historiques émanant d'un érudit.

Les vieux pilotes prodiguent leurs bons conseils aux jeunes, non pas qu'ils aient toujours plus d'esprit et de prudence que les jeunes, mais parce qu'ils ont plus d'expérience. Notre auteur qui est doué d'une faculté de travail extraordinaire, puisqu'il mène de front l'organisation d'une Collection Franco-Russe destinée au **Tsar Nicolas II** avec ses études littéraires, possède cet esprit et cette prudence du vieux pilote qui a sillonné le monde; aussi nous pouvons prédire qu'il sera consulté avec empressement par les jeunes voyageurs, heureux et reconnaissants de trouver un chemin indiqué avec une fidélité si scrupuleuse.

B. PONNIN,
Officier d'Académie.

Extrait de la « Nouvelle Revue ». *Directrice* : Mme JULIETTE ADAM. *Volume du 15 mars 1897.*

De Saint-Pétersbourg à Constantinople, 1 vol. — *A travers les Etats-Unis et le Canada,* 1 vol. — *Le Touriste en Egypte, en Syrie et l'Afrique du Nord,* 1 vol. — *De Paris au Soleil de Minuit,* par PHILIPPE DESCHAMPS. (Ernest Leroux, éditeur, Paris.)

Tout Paris connaît actuellement M. Philippe Deschamps, qui vient de réunir, dans un véritable musée qu'il offre à **Sa Majesté Nicolas II,** tous les objets, petits et grands, artistiques ou simplistes, qu'a créés l'industrie parisienne dans l'élan de son enthousiasme expansif au moment de la visite des Souverains Russes à Paris.

Il ne saurait être question ici de faire l'éloge du collectionneur qui a réuni, comme une manifestation sans pareille, tous ces bibelots inspirés par la sympathie. M. Deschamps est un patriote, c'est entendu ; mais ce qu'il y a lieu de proclamer comme ressortant des ouvrages précités, c'est que M. Deschamps est un patriote éclairé, ayant beaucoup vu, beaucoup observé, beaucoup retenu.

Ce n'est pas au point de vue littéraire qu'il faut considérer ses récits de voyage. En homme pratique, qui professe le respect du principe : *Acta, non verba,* il fait bon marché des phrases redondantes et sonores, mais partout il raisonne au point de vue français.

Ses quatre volumes constituent, en réalité, un grand journal de voyage où les observations quotidiennes sont notées, tantôt au point de vue politique, tantôt au point de vue social, ici très artistiques, là purement industrielles, mais partout et toujours imbues de cette idée qui les dominent toutes : « les intérêts français ».

C'est sa préoccupation perpétuelle, comme, au *Foreign Office,* la défense des intérêts du commerce anglais.

Si tous nos consuls ou agents consulaires étaient inspirés de la même tension d'esprit, il est probable que notre commerce serait plus prospère et que notre ministère siégeant au quai d'Orsay serait moins souvent qualifié de ministère étranger aux affaires, et tout n'irait que mieux.

Quoi qu'il en soit, les ouvrages de M. Deschamps sont des plus intéressants ; aussi sont-ils à signaler comme fort instructifs et sympathiques en raison de ce sentiment national qu'on est heureux d'y retrouver à chaque page.

C^t GEORGES SÉNÉCHAL.

A MONSIEUR PHILIPPE DESCHAMPS

Paris, le 4 mars 1897.

« CHER MONSIEUR,

« Non seulement j'ai lu votre **Soleil de Minuit**, mais je le fais lire à ma femme et elle y prend comme moi un plaisir extrême.

« C'est un récit de voyage fait par un homme aimable, voyant et jugeant bien, décrivant ce qui le frappe ou l'intéresse, sans parti pris d'admiration ou de dénigrement, penchant plutôt vers l'indulgence. En vous lisant, nous songeons à notre excellent ami Edmond Cotteau. Vous êtes comme lui un touriste infatigable, toujours de bonne humeur, écrivant vos impressions d'une plume spirituelle et alerte.

« Il est fort intéressant de vous suivre à travers les capitales des pays scandinaves, de franchir avec vous les fjords et d'arriver sans fatigue au Cap Nord, après avoir fait la connaissance des Lapons. Au retour, la note patriotique vibre et l'on retrouve dans le touriste le grand ami de la Russie, le chercheur patient et dévoué qui a réuni à grands frais le Musée franco-russe, ce souvenir d'inoubliables fêtes, cette collection qui sera un jour d'une valeur inestimable et qu'on verra installée dans quelque riche salle à Saint-Pétersbourg, à l'Ermitage ou au Palais d'Hiver.

« Veuillez me croire, cher Monsieur, votre bien cordialement dévoué.

« ERNEST LEROUX,
« 10, rue Coëtlogon. »

———

Paris, le 15 janvier 1897.

« MONSIEUR,

« Je sors émerveillée de votre Musée. Que de patience, que de minutieuses recherches il vous a fallu pour le constituer ! Et combien votre patriotisme peut être fier aujourd'hui de l'œuvre accomplie, — car c'est une œuvre, Monsieur, et une œuvre très intéressante que ce groupement de bibelots et d'objets d'art, tous inspirés de la même pensée, de la même idée...

« On dit que les petites causes ont, parfois, de grands effets. Vous, vous montrez, Monsieur, les petits effets des grandes causes. Et, qui sait ? ce sont peut-être les plus significatifs et les plus décisifs.

« N'est-ce pas en effet toute l'âme française qui se dévoile ingé-

nument ou noblement, tour à tour, dans ces mille petits « ar-
« ticles de Paris », à l'image ou aux couleurs de l'*Ami*? N'est-ce
pas la traduction même du grand frisson d'enthousiasme qui
l'a secouée au mois d'octobre dernier?

« Je n'entends rien, Monsieur, aux actes diplomatiques. Mais
ce que je sais bien, c'est que s'il fallait encore quelque chose
pour convaincre l'Empereur de Russie de la sincérité de nos
sentiments, rien ne vaudrait votre collection.

« C'est ce qu'il en fait le prix ; et c'est ce qui permet de dire
que, sans vous en douter, vous avez ajouté une pierre à l'édifice
laborieusement construit, à l'abri duquel deux peuples qui
s'aiment et qui s'estiment peuvent enfin regarder l'avenir avec
confiance.

« Je vous félicite, Monsieur, de tout mon cœur de Française,
et je vous prie d'agréer l'assurance de mes sentiments bien
sympathiques.

« BERTHE DE PRÉSILLY. »

AU TSAR ET A LA TSARINE

BIENVENUE !

Augustes Majestés ! soyez les bienvenues !
Battez, battez, tambours! Sonnez, joyeux clairons !
Sachez électriser nos braves escadrons!
Flottez, nobles couleurs, trop longtemps méconnues !

Heureux en célébrant des fêtes inconnues,
Paris, pour vous guider, appelle ses fleurons
Et, pour vous acclamer, mande ses environs,
Qui parent devant vous ses riches avenues.

Bien souvent enchaîné, l'esprit de notre France,
Lorsqu'on veut l'évoquer, retrouve sa puissance.
S'il persifle les sots, il chérit les grands cœurs,

Pouvant seuls l'inspirer quand il parcourt le monde.
Il aime la vaillance et, dans sa foi profonde,
Vous offre les lauriers qu'il décerne aux vainqueurs.

Paris, 8 octobre 1896.

J.-C.-ALFRED PROST.

LETTRES

ADRESSÉES

A M. PHILIPPE DESCHAMPS

Juvisy-sur-Orge, 27 décembre 1896.

« CHER MONSIEUR,

« Je tiens à vous dire tout le plaisir que j'ai éprouvé à visiter votre belle collection de bibelots franco-russes. Je demeure encore émerveillé des résultats obtenus, et je ne sais ce qu'il faut le plus admirer de vos longues et patientes recherches ou de l'art qui a présidé à l'installation des objets ainsi réunis. J'ai été heureux de voir figurer parmi eux mon *Histoire de Russie*, qu'approuva jadis l'Académie française, et je vous en remercie.

« La collection Philippe Deschamps est et restera unique au monde. Elle justifie par son importance et la visite de S. E. l'ambassadeur de Russie à Paris et le haut patronage que vous a accordé M. Alfred Mézières, votre ancien collègue du Comité du Souvenir. A la porte de votre appartement, comme une fière devise, vous auriez pu écrire : « Tout ici n'a qu'un but : faire « aimer la France en Russie et la Russie en France. » C'est une œuvre à laquelle j'ai, moi aussi, travaillé dès avant Cronstadt, et je suis très heureux de la voir aujourd'hui entre les mains d'un patriote comme vous.

« Veuillez agréer, je vous prie, cher Monsieur, l'assurance de mes meilleurs sentiments.

« E. GUÉNIN,
« *Publiciste, Officier de l'Instruction publique.* »

Paris, 28 décembre 1896.

« MONSIEUR,

« Votre collection des souvenirs franco-russes m'a vivement intéressé, et je suis sorti profondément impressionné de la patriotique et touchante idée que vous avez eue, en vous con-

4

sacrant à cette entreprise difficile, mais bien digne d'un Français.

« Connaissant votre but, si noble, d'offrir à S. M. l'Empereur Nicolas II un témoignage des sentiments du pays, exprimé de mille façons pendant les inoubliables journées d'octobre 1896, je voudrais ne point me borner à vous remettre les épreuves de la gravure que vous m'avez demandées. L'aquarelle originale, que vous avez bien voulu apprécier ainsi que quelques amateurs, est à votre disposition ; je serai trop heureux si, au milieu de tant d'autres manifestations, cette œuvre peut être aux yeux de Sa Majesté un témoignage de mon affectueuse sympathie pour le Peuple-Ami et de ma profonde et respectueuse vénération pour ses Augustes Souverains.

« Agréez, Monsieur, l'assurance de mes sentiments distingués et dévoués.

« H. TOUSSAINT,
« *Artiste peintre et graveur,*
« 5, *rue des Beaux-Arts.* »

Paris, 28 *décembre* 1896.

« MONSIEUR,

« Au lendemain des funérailles du regretté Président Carnot et encouragé par une souscription du Ministère des Beaux-Arts, j'ai gravé une eau-forte destinée à en consacrer le souvenir et à être offerte aux représentants des Puissances étrangères et des grands Corps de l'Etat.

« Vous sachant profondément ému de tout ce qui touche au cœur même de notre cher pays, j'ai pensé qu'une épreuve de cette gravure, que vous ne connaissez sans doute pas, car elle n'a jamais été mise dans le commerce, pourrait vous intéresser. Laissez-moi donc le plaisir de vous l'offrir, et croyez, Monsieur, à l'expression de mes sentiments les meilleurs.

« H. TOUSSAINT,
« *Artiste peintre et graveur,*
« 5, *rue des Beaux-Arts.* »

TOASTS

PRONONCÉS PAR M. FÉLIX FAURE
Président de la République

ET PAR SA MAJESTÉ L'EMPEREUR DE RUSSIE
NICOLAS II

—◦◦◦—

A CHERBOURG

—

Toast du Président de la République :

« C'est avec une grande joie que, accompagné du Président du Sénat et du Président de la Chambre des députés, j'ai reçu aujourd'hui Votre Majesté Impériale et Sa Majesté l'Impératrice.

« Le Président de la République est certain de répondre aux sentiments de la nation en se faisant l'interprète des vœux unanimes qu'elle forme pour la Famille Impériale, pour la gloire du règne de Votre Majesté et pour le bonheur de la Russie.

« Demain, à Paris, Votre Majesté sentira battre le cœur du peuple français, et l'accueil qui sera fait à l'Empereur et à l'Impératrice de Russie Leur prouvera la sincérité de notre amitié.

« Votre Majesté a voulu arriver en France escortée par une de nos escadres : la marine française lui en est reconnaissante. Elle se rappelle avec orgueil les nombreuses marques de sympathie dont l'entoura Votre Auguste Père et la part qu'il lui a été donné de prendre aux manifestations de Cronstadt et de Toulon.

« En souhaitant à Votre Majesté la bienvenue sur le sol de la République, je lève mon verre en l'honneur de l'Empereur et de l'Impératrice de Russie. »

Toast du Tsar :

« Je suis touché de l'accueil sympathique et cordial qui nous a été fait à Cherbourg. J'ai beaucoup admiré l'escadre qui nous a escortés, ainsi que le bateau-amiral le *Hoche*.

« En touchant le sol d'une nation amie, je partage les sentiments que vous venez d'exprimer, Monsieur le Président.

« Je lève mon verre en l'honneur de la nation, de la flotte française et de ses braves marins, et je remercie Monsieur le Président de la République pour les souhaits de bienvenue qu'il vient de nous exprimer. »

A PARIS

Toast du Président de la République :

« L'accueil qui a salué l'entrée de Votre Majesté à Paris Lui a prouvé la sincérité des sentiments dont j'ai tenu à ce qu'Elle reçût l'expression en touchant le sol de la République.

« La présence de Votre Majesté parmi nous a scellé aux acclamations de tout un peuple les liens qui unissent les deux pays dans une harmonieuse activité et dans une mutuelle confiance dans leurs destinées.

« L'union d'un puissant Empire et d'une République laborieuse a pu déjà exercer une action bienfaisante sur la paix du monde. Fortifiée par une fidélité éprouvée, cette union continuera à répandre partout son heureuse influence.

« Interprète de la nation tout entière, je renouvelle à Votre Majesté les souhaits que nous formons pour la grandeur de Son règne, pour le bonheur de Sa Majesté l'Impératrice, pour la prospérité du vaste Empire dont les destinées reposent entre les mains de Votre Majesté Impériale.

« Qu'il me soit permis d'ajouter combien la France a été touchée de l'empressement avec lequel Sa Majesté l'Impératrice a bien voulu se rendre à ses vœux.

« Son gracieux séjour laissera dans notre pays un ineffaçable souvenir.

« Je lève mon verre en l'honneur de Sa Majesté l'Empereur Nicolas et de Sa Majesté l'Impératrice Alexandra-Féodorovna. »

Toast du Tsar :

« Je suis profondément touché de l'accueil qui nous a été fait, à l'Impératrice et à moi, dans cette grande ville de Paris, source de tant de génie, de tant de goût et de tant de lumières.

« Fidèle à d'inoubliables traditions, je suis venu en France pour saluer en vous, Monsieur le Président, le chef d'une nation à laquelle nous unissent des liens si précieux.

« Ainsi que vous l'avez dit, cette amitié ne peut avoir par sa constance que la plus heureuse influence.

« Je vous prie, Monsieur le Président, d'être l'interprète de ces sentiments auprès de la France entière.

« En vous remerciant des vœux exprimés pour l'Impératrice et pour moi, je bois à la France, et je lève mon verre en l'honneur de Monsieur le Président de la République Française. »

A CHALONS

Toast du Président de la République :

« Votre Majesté va nous quitter après un séjour qui laissera dans les annales de nos deux pays un ineffaçable souvenir.

« Comme un sourire d'heureux augure, le charme de la présence de Sa Majesté l'Impératrice restera gracieusement lié à cette visite.

« A Paris, Vos Majestés ont été acclamées par la nation tout entière. A Cherbourg et à Châlons, elles ont été reçues par ce qui tient le plus au cœur de la France : son armée et sa marine. L'armée française salue ici Votre Majesté. A chacun des fréquents anniversaires de leur glorieux passé, marins et soldats français échangent avec leurs frères de Russie le témoignage de leur cordialité et de leurs vœux.

« Aujourd'hui, au nom de l'armée et de la marine françaises, je prie Votre Majesté de recevoir, pour Ses armées de terre et de mer, l'affirmation solennelle d'une inaltérable amitié.

« Je bois à l'armée et à la marine russes. Je lève mon verre en l'honneur de Sa Majesté l'Empereur Nicolas II et de Sa Majesté l'Impératrice Alexandra-Féodorovna. »

Toast de l'Empereur de Russie :

« Dans le port de Cherbourg, à notre arrivée, j'ai pu admirer une escadre française. Aujourd'hui, à la veille de quitter votre beau pays, j'ai eu le plaisir du spectacle militaire le plus imposant en assistant à la revue des troupes sur le terrain habituel de leurs exercices.

« La France peut être fière de son armée.

« Vous avez raison de le dire, Monsieur le Président, les deux pays sont liés par une inaltérable amitié. De même, il existe entre nos deux armées un profond sentiment de confraternité d'armes.

« Je lève mon verre en l'honneur de vos armées de terre et de mer, et je bois à la santé de Monsieur le Président de la République Française. »

LES SOUHAITS DE L'EMPEREUR NICOLAS
AU PRÉSIDENT DE LA RÉPUBLIQUE

—

Le Président de la République a reçu le télégramme suivant :

Tsarskoïé-Selo-Palais, 31 décembre, 9 h. 21 soir.

« Paris, S. Exc. M. Félix Faure, Président de la République Française.

« A l'occasion du renouvellement de l'année, je tiens à vous offrir mes sincères félicitations et à vous exprimer, autant de la part de l'Impératrice que de la mienne, les meilleurs vœux pour la prospérité de la France.

« Parmi les souvenirs les plus agréables de l'année qui vient de s'écouler, celui des quelques jours pleins de charme passés dans votre belle patrie restera ineffaçable.

« Signé : Nicolas. »

LES SOUHAITS DU PRÉSIDENT DE LA
RÉPUBLIQUE AU TSAR,
A LA FAMILLE IMPÉRIALE ET A LA RUSSIE

—

Voici le texte de la réponse que le Président de la République a faite à la dépêche du Tsar :

« *Le Président de la République à Sa Majesté Nicolas, Empereur de toutes les Russies, à Tsarkoïé-Selo.*

« *Paris, 1er janvier, 10 heures matin.*

« Je suis profondément touché des termes dans lesquels Votre Majesté m'adresse ses félicitations et je la remercie, ainsi que Sa Majesté l'Impératrice, des sentiments qu'Elles expriment pour la France.

« Nous évoquons, nous aussi, avec une vive émotion, le souvenir si précieux de Votre présence parmi nous, et je Vous prie de recevoir les vœux que nous formons pour le bonheur de Votre Majesté et de Sa Majesté l'Impératrice, pour celui de Son Altesse Impériale la Grande-Duchesse Olga et pour la grandeur de la Russie. »

« Félix Faure. »

EXPOSITION

DE LA

COLLECTION FRANCO-RUSSE
DE M. PHILIPPE DESCHAMPS

Extraits de Revues et Journaux

LE VÉLO, n° du 25 décembre 1896.

UNE EXPOSITION BOJE TSARA KRANIENNE

Un russophile ardent, M. Philippe Deschamps, bien connu dans la vélocipédie par ses rayons de bicyclette, a réuni une admirable exposition, tous les bibelots, objets de pacotille ou de valeur, que l'ingéniosité industrielle des uns, la respectueuse hospitalité des autres ont produits en l'honneur de la visite des Souverains Russes en France.

Cette collection incomparable, M. Philippe Deschamps m'avait invité à venir la voir hier 11, rue Demours, dans son domicile transformé en un exquis et pittoresque musée franco-russe.

M. Philippe Deschamps — un glob-trotter infatigable qui a parcouru toutes les parties du monde — m'a présenté toutes les richesses qu'il a accumulées en trois mois de recherches incessantes avec une complaisance triomphante. Antichambre, chambre à coucher, salon, salle à manger, les bibelots multicolores, les objets les plus divers s'étalent, jolis, gracieux, curieux, étranges. C'est un fouillis étonnant, charmant de fraîcheur et de goût.

Ce collectionneur russophile a réuni chez lui 6000 pièces — dont la plupart sont aujourd'hui introuvables — qui seront offertes à l'Empereur de Russie.

* *

Donner une énumération des mille et mille bibelots exposés est chose impossible. J'en ai passé une revue rapide, conduit par M. Deschamps, un cicerone bien intéressant à suivre et à écouter.

D'abord le collectionneur m'a fait sa profession de foi russophile. Il fit partie de la délégation envoyée en Russie par le « Souvenir français » lors des funérailles du Tsar Alexandre III.

Et la visite commence par l'exposition de la chambre à coucher.

— Ici les journaux, revues hebdomadaires, mensuelles, occasionnelles. Il n'en manque pas un, ni de France, ni de l'étranger. Tenez, cent dix chansons, depuis celles du Chat-Noir jusqu'à la plus récente, celle faite sur la mort de Lobanoff. Les albums ? En voici de toutes les tailles et de toutes les couleurs ! La musique ? Sur ce meuble sont entassés valses, polkas, quadrilles francorusses, dédiés à l'Empereur, à l'Impératrice ou à la Princesse Olga.

« Jetez un coup d'œil sur cet opuscule où j'ai réuni les poésies de Sully-Prud'homme, de Jules Claretie, de François Coppée, de Hérédia, etc., avec leur autorisation.

« Passons maintenant aux photographies faites au cours de son voyage à travers l'Europe, en Allemagne, en Autriche, en Angleterre, en Écosse, en France. Certaines ont été payées par moi à prix d'or.

« Voici la collection des menus. Les plus curieux sont celui de Toulon, banquet du 22 octobre 1893 ; celui de l'Élysée, menu en soie dû à Clairin. Il n'y en a eu que trois exemplaires : un pour l'Empereur, un pour l'Impératrice, un pour le Président de la République. Le plus rare est celui du couronnement du Tsar. »

Effectivement, ce menu est merveilleusement illustré. C'est un véritable volume. Il était réservé aux Ambassadeurs.

— Avant de quitter cette pièce, admirez cette délicieuse sonnette franco-russe faite en cristal, avec une poignée en or et en argent aux armes des Romanoff.

* *

Entrons dans le salon. Là c'est un amoncellement.

— Vous voyez qu'il y a pour tous les goûts et pour tous les âges. Pour les grandes personnes, et pour les enfants. Faisons le tour de la pièce, continue M. Deschamps, c'est le meilleur moyen de tout voir. Sur cette chaise ce qu'ont produit les soieries de Lyon ; sur celle-ci les mouchoirs fabriqués dans toute la France. Il y en a une centaine, car n'oubliez pas que je n'ai qu'un échantillon de chaque chose. Ceci est l'aquarelle de Maugeant, l'aquarelle que le *Gil Blas* exposait dans ses salons de la rue Glück. Sur ce meuble, les journaux illustrés français. Le n° 10 de l'*Illustration* a été payé par moi 20 francs ; il n'y en avait plus. Sur ce piano, c'est la papeterie franco-russe, papier à lettre, enveloppes, cartes postales, cartes menus, etc..... Regardez-moi cette chemise franco-russe! Et ce corset franco-russe! Ce plat que vous apercevez devant la cheminée est l'original de trois plats fabriqués à la manufacture de Limoges. Sur ce canapé, exposition des poupées en costume national des bords de la Néva. Sont-elles assez jolies, assez coquettes ? J'ai placé devant elle les bonbonnières, les tambourins, les éventails, les boîtes à musique, les joujoux de ces joujoux. Hein! elle n'est pas banale cette exposition, s'écria, en se redressant, mon cicerone !

**

Après avoir repris haleine, juste le temps de faire demi-tour, M. Philippe Deschamps poursuivit la présentation de ces richesses.

— Cette aquarelle est de Méjanel, avec une dédicace de M. Mézières et écrite de sa main. Dangleterre a fait deux cadres en bois avec les armes des Romanoff; ces deux cadres, je les ai. Les voici! Aimez-vous les miniatures ? Oui! Jetez donc un coup d'œil sur cette console, et sur celle-ci! Sur ce meuble j'ai réuni tout ce qui est fait en cuillers, ronds de serviette, médailles, chaînes de montre, boucles de ceinture, que sais-je ! Permettez-moi de vous montrer une chose unique : cette montre.

Et se tournant vers moi, M. Deschamps me regarde pour juger de l'effet produit sur moi par son exposition. L'effet était satisfaisant. De plus en plus triomphant, mon cicerone m'entraîne dans l'antichambre.

— Ici, me dit-il, pièce réservée aux médaillons impériaux. Une vingtaine ! Pas plus ! Les artistes ne se sont pas fendus. Je préfère vous étonner avec ma bibliothèque des insignes. Ah! là, mon cher monsieur, vous serez ébaubi.

Deux pas et me voici devant la bibliothèque annoncée. C'est tout simplement exquis. Il y a là 7 à 800 bibelots, verts, bleus, blancs, rouges, jaunes, des flots de rubans, des cocardes, des drapeaux, des panoplies minuscules, dont les Parisiens ont orné leurs boutonnières lors de la visite des Souverains Russes à Paris.

**

Je n'ai pas le loisir de m'étonner, car mon cicerone vient de m'entraîner dans la salle à manger.

— Porcelaines, faïences, verreries franco-russes, crie M. Philippe Deschamps. Elles viennent de partout, des manufactures les plus célèbres : de Sarreguemines, de Baccarat, de Rouen, de Limoges, de Sèvres. Tenez, cette assiette de Sèvres, il n'y en a pas trois comme elle ! Aussi quelle valeur elle représente ! Voici maintenant les gobelets de la catastrophe de Kodinsky. Ces gobelets étaient dans le paquet de vivres qu'on distribuait aux populations. A côté c'est le carrosse-bonbonnière, imitation de la voiture de gala. Sur cette desserte exposition des produits de la parfumerie : savons, odeurs, cosmétiques franco-russes, porteplumes idem. Allons, un léger coup d'œil sur ces sachets, sur ces porte-cartes, sur ces 200 broches pour femmes ; et maintenant venez voir les articles de fumeurs. On s'est distingué dans le monde qui fume.

Et M. Philippe Deschamps ouvre une vitrine où sont renfermés des boîtes d'allumettes, des porte-cigares, des fume-cigarettes, des blagues à tabac, des coupe-cigares, etc., tous et tous franco-russes.

.*.

La visite est terminée. Je n'ai plus qu'à féliciter et qu'à remercier.

— Monsieur, me dit alors l'auteur ingénieux de cette exposition, tous ces bibelots sont destinés à l'Empereur Nicolas II et je les enverrai à Saint-Pétersbourg un mois avant que le Président de la République rende au Tsar sa visite.

Une poignée de main ; échange de salutations ; je saute dans ma troïka de l'Urbaine et je hurle au moujik :

« Au Véloskoff et rondementski ! »

LE VÉLO.

LE NORD, nº du 25 décembre 1896.

L'ŒUVRE D'UN PATRIOTE

On est quelquefois surpris, par ces temps d'indifférence, de rencontrer un homme qui pouvant se renfermer dans la moiteur du bien-être personnel, n'hésite pas à sacrifier son temps, sa peine et sa fortune, pour la propagation d'une idée.

Nous avons eu la primeur d'une curiosité, que dis-je, de mille curiosités en une seule, qui nous a montré qu'heureusement il existe encore chez nous des patriotes convaincus, à qui ne suffisent pas les clameurs de la voie publique, mais qui veulent encore travailler de leurs mains à l'affermissement des amitiés de la patrie.

De ceux-là est M. Philippe Deschamps, qui a bien voulu nous convier à visiter la collection qu'il a faite de tous les genres d'objets emblématiques fabriqués en France à l'occasion du voyage à Paris de LL. MM. l'Empereur et l'Impératrice de Russie.

Ce n'est pas une simple visite qu'il faudrait pour se rendre compte, je ne dis pas de la somme, mais du temps, de la peine, disons du dévouement qu'il a fallu dépenser pour mener à bien une pareille œuvre.

Et quand je parle de dévouement, croyez que je n'exagère point. Que demande, en effet, M. Philippe Deschamps?

Sa collection, qui ne lui a pas coûté moins de douze à quinze mille francs, il veut en faire hommage au Tsar.

Ce n'est pas encore assez pour lui.

Philanthrope autant que patriote, M. Deschamps demande qu'on l'aide à faire, à Paris, de sa collection, une exposition dont le produit serait entièrement réparti entre des œuvres de bienfaisance, telles que l'Hospitalité de Nuit et la Bouchée de Pain.

Or, il y a là pour le public un intérêt considérable. Parler en détail de cette collection serait impossible, ce serait vouloir, de gaieté de cœur, rester au-dessous de la vérité ; la collection admirable de M. Deschamps remplit absolument plusieurs salles et l'établissement de son catalogue constituera un véritable travail de Bénédictin.

Nous ne saurions trop, cependant, insister sur le goût véritablement artistique avec lequel cette collection a été groupée.

Nous ajouterons que S. Exc. le baron de Mohrenheim, Ambassadeur de Russie à Paris, a visité la collection de M. Deschamps et n'a pu que manifester son admiration.

Il importe donc, à notre avis, que nos confrères de la presse parisienne et l'initiative privée fassent leur possible pour aider M. Deschamps à mener à bien son œuvre, sur laquelle nous comptons bien revenir.

G. OMER.

LA LIBRE PAROLE, n° du 25 décembre 1896.

On sait que M. Philippe Deschamps a été autorisé à offrir au Tsar une superbe et unique collection des imprimés et des bibelots qui ont été inspirés par la présence des Souverains Russes en France.

Hier, l'Ambassadeur de Russie a visité cette collection dans l'après-midi. Elle comprend près de cinq mille pièces et docu-

ments de tout genre, depuis les journaux illustrés relatant le
voyage du Tsar à travers l'Europe, jusqu'aux photographies faites
à Breslau, Darmstadt, en Angleterre, à Cherbourg, à Paris, à
Châlons ; jusqu'aux chromos, photographies, médaillons et bustes
du Tsar et de la Tsarine.

Signalons en outre une vitrine de bijouterie fausse et d'articles
pour fumeurs qui est absolument ravissante.

Avant d'envoyer cette intéressante collection au Tsar, M. Deschamps se propose de l'exposer pendant quelques jours en public,
au profit des pauvres. C'est une excellente idée.

LE PETIT PARISIEN, n⁰ du 25 décembre 1896.

Nous avons visité, hier, rue Demours, une exposition de bibelots franco-russes de la plus grande importance. Cette collection,
certainement unique, a été réunie par M. Philippe Deschamps, qui
n'a pas consacré moins de trois mois aux recherches incessantes
que sa formation a nécessitées.

Tous les arts, toutes les industries ont célébré de mille ma-
nières l'alliance de la France et de la Russie, ainsi que l'arrivée
du Tsar à Paris. Il était intéressant de rassembler tous les menus objets que l'ingéniosité de nos artistes et de nos fabricants a
créés à cette occasion. M. Deschamps a pu en réunir environ cinq
mille, représentant une valeur de plus de 10,000 francs.

Il est question d'organiser, au profit d'une œuvre de bienfaisance, une exposition publique de cette collection, qui doit être
offerte à l'Empereur de Russie. On peut dire d'avance que le plus
grand succès lui est assuré.

LA FRANCE, n⁰ des 26 et 27 décembre 1896.

L'ŒUVRE D'UN PATRIOTE

On est quelquefois surpris, par ces temps d'indifférence, de
rencontrer un homme qui, pouvant se renfermer dans la moiteur du
bien-être personnel, n'hésite pas à sacrifier son temps, sa peine et
sa fortune, pour la propagation d'une idée.

Nous avons eu la primeur d'un curiosité, que dis-je, de mille curiosités en une seule, qui nous a montré qu'heureusement il existe
encore chez nous des patriotes convaincus, à qui ne suffisent pas

les clameurs de la voie publique, mais qui veulent encore travailler de leurs mains à l'affermissement des amitiés de la patrie.

De ceux-là est M. Philippe Deschamps, qui a bien voulu nous convier à visiter la collection qu'il a faite de tous les genres d'objets emblématiques fabriqués en France à l'occasion du voyage à Paris de LL. MM. l'Empereur et l'Impératrice de Russie.

Ce n'est pas une simple visite qu'il faudrait pour se rendre compte, je ne dis pas de la somme, mais du temps, de la peine, disons du dévouement qu'il a fallu dépenser pour mener à bien une pareille œuvre.

Et quand je parle de dévouement, croyez que je n'exagère point. Que demande, en effet, M. Philippe Deschamps ?

Sa collection, qui ne lui a pas coûté moins de douze à quinze mille francs, il veut en faire hommage au Tsar.

Ce n'est pas encore assez pour lui.

Philanthrope autant que patriote, M. Deschamps demande qu'on l'aide à faire à Paris, de sa collection, une exposition dont le produit serait entièrement réparti entre des œuvres de bienfaisance, telles que l'Hospitalité de Nuit et la Bouchée de Pain.

Or, il y a là pour le public un intérêt considérable. Parler en détail de cette collection serait impossible, ce serait vouloir, de gaîté de cœur, rester au-dessous de la vérité; la collection admirable de M. Deschamps remplit absolument plusieurs salles et l'établissement et son catalogue constituera un véritable travail de Bénédictin.

Nous ne saurions trop, cependant, insister sur le goût véritablement artistique avec lequel cette collection a été groupée.

Nous ajouterons que S. Exc. le baron de Mohrenheim, Ambassadeur de Russie à Paris, a visité la collection de M. Deschamps et n'a pu que manifester son admiration.

Il importe donc, à notre avis, que nos confrères de la presse parisienne et l'initiative privée fassent leur possible pour aider M. Deschamps à mener à bien son œuvre, sur laquelle nous comptons bien revenir.

G. OMER.

LE GAULOIS, n° du 28 décembre 1896.

M. Philippe Deschamps vient d'être autorisé à offrir au Tsar Nicolas II une intéressante collection d'imprimés et de bibelots de toute nature inspirés par les fêtes russes.

Le baron de Mohrenheim a visité hier cette collection, unique

en son genre, qui comprend près de cinq mille pièces et documents
de tout genre, depuis les journaux illustrés relatant le voyage du
Tsar à travers l'Europe, jusqu'aux photographies faites à Breslau, Darmstadt, en Angleterre, à Cherbourg, à Paris, à Châlons ;
jusqu'aux chromos, photographies, médaillons et bustes du Tsar
et de la Tsarine.

Les bibelots parisiens forment naturellement la partie la plus
considérable et la plus intéressante de l'Exposition. On peut dire
qu'il n'est pas une industrie qui n'ait été mise à contribution pour
fournir un souvenir de la visite du Tsar en France.

C'est un ensemble charmant qui révèle chez nos petits fabricants une grande émulation commerciale doublée parfois d'un
goût exquis. Il y a surtout une vitrine de bijouterie fausse et
d'articles pour fumeurs qui est une merveille.

M. Philippe Deschamps se propose d'exposer sa collection au
profit des pauvres, avant de l'envoyer en Russie. Nous ne pouvons
que l'encourager dans cette idée, lui prédisant d'avance le plus
grand succès.

———

LA PRESSE, n° du 29 décembre 1896.

COLLECTION FRANCO-RUSSE

Un de nos confrères du matin annonce que M. Philippe Deschamps vient d'être autorisé à offrir au Tsar Nicolas II une intéressante collection d'imprimés et de bibelots de toute nature inspirés
par les fêtes russes.

Notre confrère ajoute que le baron de Mohrenheim a visité hier
cette collection.

Nous avons eu la curiosité de la visiter à notre tour et nous nous
sommes rendu chez M. Philippe Deschamps, un écrivain de mérite, qui, fort aimablement, nous a accueilli et nous a montré les
quatre ou cinq mille documents qu'il possède.

Dans des vitrines élégantes, les objets de toutes sortes sont
rangés avec ordre et symétrie.

Les produits de Baccarat, Saint-Louis, Lunéville, Sarreguemines, Limoges, Lyon, se mêlent aux articles variés que créa, lors
des fêtes du mois d'octobre, l'ingéniosité de l'industrie parisienne :
la bijouterie occupe une place à part. Les livres, les albums, les
journaux illustrés de France et de l'étranger, les affiches, les gravures, les dessins, les menus forment à eux seuls une collection
intéressante.

Mais il serait trop long d'énumérer tous les objets que nous avons vu chez M. Deschamps.

Signalons cependant une aquarelle unique, représentant l'arrivée des Souverains Russes à Paris, à laquelle l'autographe d'un Immortel donne un grand intérêt.

Au surplus, le public pourra bientôt admirer, dans tous ses détails, la collection de M. Deschamps, celui-ci, qui est un philanthrope, ayant formé le projet, fort louable, d'en faire une exposition au profit des pauvres.   G. S.

JOURNAL DE MANTES, n° du 30 décembre 1896.

LES SOUVENIRS FRANCO-RUSSES

Un patriote, M. Philippe Deschamps, a eu l'idée de collectionner tout ce que l'industrie française a fait d'objets emblématiques à l'occasion du voyage en France de l'Empereur et l'Impératrice de Russie, et cette collection, qui ne représente pas moins de douze à quinze mille francs comme achat, M. Deschamps va l'offrir au Tsar.

Mais avant, il compte en faire une exposition, dont le produit serait entièrement réparti entre des œuvres de bienfaisance : « Hospitalité de Nuit » et « Bouchée de Pain ». Ce sera là, on peut le dire, le digne couronnement d'une œuvre patriotique et philanthropique.

LE PETIT PARISIEN, n° du 5 janvier 1897.

COLLECTIONS FRANCO-RUSSES

On sait qu'une salle du Musée de la Ville de Paris doit être affectée à l'exhibition des innombrables bibelots que la visite du Tsar a fait éclore et qui ont mis en évidence, de si charmante façon, l'ingéniosité de nos artisans. Tous, rivalisant d'humour et d'entrain, ont voulu célébrer à leur manière l'union contractée entre la France et la Russie dont les fêtes d'octobre 1896 mirent sous nos yeux le vivant symbole.

Menus objets aux couleurs nationales, médailles patriotiques, épingles enrubannées, cocardes, bijouterie improvisée, estampages, statuettes..., les souvenirs des fêtes franco-russes envahirent subitement par milliers tous les étalages et se colportèrent dans nos rues pendant une semaine d'inoubliable allégresse. On se rappelle combien l'on s'émerveilla en ce moment de la diversité et du nombre de ses créations de l'industrie parisienne. Plusieurs essais de collections en furent même tentés dans les salles de dépêches de nos journaux.

C'est alors que M. Le Vayer, directeur du Musée Carnavalet, conçut le projet de réserver une salle spéciale à l'exposition de ces articles de Paris si significatifs, considérés dans leur ensemble, et où semblait chanter si gentiment l'alouette gauloise ravie de la nouvelle aurore qui luisait sur son sillon. Cette salle, qui sera sans doute ouverte au public conjointement avec le nouveau service de le Bibliothèque de la Ville, fait partie de l'ancien hôtel Lepeletier de Saint-Fargeau, devenu depuis peu une dépendance du Musée. Elle réserve au public de profonds étonnements, si j'en juge par l'impression que j'ai ressentie en visitant la collection des mêmes bibelots qu'un patriote, M. Philippe Deschamps, a formée à grands frais et après de longues recherches, pour l'offrir au Tsar comme un témoignage de la pensée du Paris qui travaille et du génie inventif dont il a fait preuve.

*
* *

On n'imagine pas un aussi stupéfiant assemblage d'articles divers. Il n'y a pas une industrie qui n'ait, par plusieurs de ses produits, donné sa note dans ce concert prodigieux, dans cette harmonie immense faite du chant de tous les burins, du bruit de tous les marteaux et du murmure de tous les métiers : graveurs, ciseleurs, estampeurs du Marais et de Ménilmontant, petits façonniers, imagiers, lithographes, fabricants de jouets, d'éventails, de couteaux, de pipes, de boutons, maroquiniers, bijoutiers, céramistes, tous ont voulu collaborer à l'œuvre de fête et souhaiter la bienvenue aux Hôtes de Paris.

Nous n'avons pu que soupçonner, pendant la semaine russe, ce branle-bas de l'industrie, carillonnant ses joies et ses espérances. L'attention générale, attirée par les grands spectacles qu'offraient les défilés officiels et les réceptions, se détournait forcément de la parade du bibelot. On en devinait l'extrême raffinement plutôt qu'on ne le voyait. C'était une partie du décor triomphal de Paris qui échappait à l'observation, malgré les cris d'une nuée de petits vendeurs lâchés dans les carrefours.

Aussi, devons-nous savoir gré aujourd'hui à ceux qui ont pris à tâche de grouper en d'inestimables collections ces articles de Paris d'un intérêt si particulier. Il y en a eu des milliers et des milliers. Pour les retrouver, des chercheurs acharnés ont couru les ateliers et interrogé les fabricants. Péniblement, ils ont reconstitué pièce par pièce le riche écrin des fêtes franco-russes. Sans doute, plus d'un objet a dû leur échapper. Néanmoins, ce qu'ils ont réuni présente un aspect formidable.

M. Deschamps est parvenu, en trois mois, à rassembler plus de cinq mille bibelots célébrant l'arrivée du Tsar. Il y a joint un certain nombre de tissus, de verreries et de porcelaines fabriqués en province en l'honneur du couple impérial. On demeure étonné à la vue de cet amoncellement fantastique d'œuvres d'art, de bijoux et d'objets populaires où se rencontrent les trouvailles les plus inattendues, comme les assiettes de Sèvres, les montres de l'Alliance, la cravate patriotique, les foulards franco-russes, les mouchoirs à vignettes, le corset constellé de petits drapeaux, les services de table décorés de portraits, et une incroyable série d'articles pour fumeurs.

*
* *

Il faut remonter jusqu'à la Révolution pour trouver trace d'un pareil emballement dans les produits de l'industrie française. Encore y a-t-il lieu de remarquer que, la production mécanique n'étant pas encore créée, c'est en nombre très restreint d'exemplaires que se confectionnèrent à cette époque les bibelots d'actualité politique.

Il est évident qu'une semblable collection présente le plus vif intérêt, car elle dénonce, par des témoignages irrécusables, non point, comme on l'a dit, la vaine badauderie du peuple français, mais son état d'âme et la part joyeuse qu'il a prise à un événement capital de son histoire, à la sanction publiquement affirmée de l'entente de deux grandes nations que nos ennemis avaient intérêt à nier et que la venue du Tsar à Paris les obligeait enfin à reconnaître.

Ces multiples bibelots ne sont donc point de futiles objets ; ils parlent et captivent ; ils furent pendant trois jours l'expression d'un sentiment populaire. A ce titre, ils ont droit à une place dans le Musée de la Ville de Paris. De même, s'ils ont été agréés, au nom du Tsar, par son Ambassadeur qui a récemment consacré deux heures à leur examen, c'est qu'ils l'ont véritablement séduit et qu'il a été sensible à leur éloquence.

Il est certain que la société de Saint-Pétersbourg, qui aura le loisir de les examiner à son tour, leur fera un grand succès. Cette exposition aura lieu au profit d'une œuvre de bienfaisance. Mais

5

pourquoi le public parisien ne serait-il pas admis, lui aussi, à visiter cette importante collection avant son départ pour la Russie ? Je sais que M. Deschamps est tout disposé à la mettre à la disposition d'une œuvre philanthropique de Paris qui pourrait en tirer un bon profit. Ceci me fait espérer que les Parisiens auront l'occasion de voir en d'excellentes conditions cette curieuse réunion de bibelots franco-russes.

.*.

Le Musée Carnavalet bénéficierait lui-même de l'exposition d'une collection rivale de celle qu'il a formée. Car le public, remarquant l'intérêt qui s'attache à une collection de ce genre, aurait à cœur, pour la rendre complète, de transmettre au conservateur du Musée de la Ville les objets qu'il n'a pu acquérir. Les inventeurs de tous ces bibelots les porteraient eux-mêmes à M. Le Vayer, heureux qu'ils seraient de les voir figurer dans ses vitrines.

De plus, une sélection désirable pourrait être faite. On séparerait des articles de Paris, grâce aux indications de nos fabricants, les articles allemands qui se sont glissés dans cette masse de bibelots et que leur bon marché exceptionnel a fait vendre en grandes quantités. Il y aurait même eu des bibelots américains. M. John Grand-Carteret, dans son *Musée pittoresque du voyage du Tsar*, reproduit une médaille aux effigies du Tsar et de la Tsarine qui aurait été frappée aux États-Unis. N'est-ce pas très curieux ?

Ce que Carnavalet possédera et ce que M. Deschamps n'a pu ajouter à sa collection, ce sont les caricatures qui ont surgi à propos des fêtes franco-russes. Beaucoup d'entre elles, qui ont précédé l'arrivée de l'Empereur, sont fort irrévérencieuses et détonnent dans le sentiment général que l'on a constaté. Il est singulier que plusieurs de nos satiriques aient cru devoir faire chorus en cette circonstance avec nos ennemis du dehors. Ceux-ci se sont livrés à une telle folie d'invectives qu'il eût été plus digne de les laisser isolés dans leurs vomissements.

Chose bien étonnante, la plus ordurière des caricatures publiées contre nous l'a été en Hollande. Que diraient donc les Hollandais si nos journaux à images s'avisaient de portraicturer leur jeune reine d'un crayon aussi licencieux que celui dont s'est servi l'*Abraham Prikkie* à l'égard de la France et du Président de la République ?

*
* *

Passant la revue des caricatures étrangères, M. Grand-Carteret nous dit qu'après la visite du Tsar le déchaînement devint général : « Seuls, peut-être, les Anglais sont restés d'une correction parfaite. Justice leur soit rendue ! Les Allemands, qui s'étaient fait remarquer par une certaine réserve, ont emboîté le pas aux Italiens et aux Hollandais. Qu'elle vienne de Berlin ou de Turin, l'insulte est toujours aussi grossière, toujours aussi indigne de gens bien élevés. »

Il serait à désirer que toutes ces images ignominieuses fussent également collectionnées dans nos cabinets d'estampes. Il est bon de savoir ce que nos ennemis disent de nous, surtout quand ils ne songent pas à déguiser leurs pensées. La caricature, sous ce rapport, présente un réel intérêt. Les licences qu'on lui permet sont quelquefois utilement révélatrices.

Quand on a parcouru les journaux qui renferment tant d'insultes, payées peut-être, on comprend mieux la portée du rapprochement qui s'est opéré entre la France et la Russie et la nécessité pour la République d'avoir une politique internationale. C'est en élargissant notre horizon, en regardant avec vigilance ce qui se passe hors de nos frontières que nous sortirons définitivement de nos divisions et de nos querelles dignes de Byzance.

JEAN FROLLO.

<hr>

L'ÉCLAIR, n° du 6 janvier 1897.

L'ACTUALITÉ.

Carnavalet et les souvenirs franco-russes.

Ce que le voyage du Tsar inspira. — Une collection curieuse. — Un incident. — On refuse les présents du collectionneur. — M. Le Vayer accusé s'explique. — Lettres point parvenues.

Le Musée Carnavalet était accusé tout récemment de n'avoir pas répondu à la lettre d'un brave citoyen qui lui offrait sa collection de souvenirs franco-russes, éclos à l'occasion de la visite du Tsar.

M. Le Vayer n'a pas reçu de lettre ; il n'a pas eu à répondre à une offre quelconque.

Ainsi, non seulement sa courtoisie n'est pas en défaut, mais sa

vigilance est établie. Le Musée Carnavalet aura, pour les amis de
la Russie, l'attrait d'un petit bazar de camelots, au moins dans
l'une de ses parties.

Le collectionneur, dont on a publié la lettre à M. Le Vayer se
nomme M. Philippe Deschamps.

Il est membre de ce Comité du souvenir français qui envoya en
Russie une ample moisson de petits bouquets à l'occasion des noces
impériales ; il a travaillé six mois à réunir une collection absolument
unique et qui, certes, dépasse de beaucoup toutes celles qui ont
été faites dans ce genre.

CHEZ LE COLLECTIONNEUR.

Il nous montrait l'autre jour les milliers et les milliers d'objets
qui encombrent trois grandes pièces de son appartement de la rue
Demours.

Il faut voir la diversité des objets auxquels l'actualité impose un
cachet franco-russe : M. Deschamps les a classés par catégories
d'industries, et il semble qu'il n'y en ait guère qui ne soient représentées. Dans une armoire s'étagent plusieurs centaines d'articles
pour fumeurs : porte-cigarettes, blagues à tabac, pipes portant
une inscription, un emblème, une figure qui évoque le souvenir de
la visite des Souverains Russes. Il y a des assiettes, du savon, du
papier à fromage, des étiquettes, des bretelles, un corset — un
corset franco-russe !

Le baron de Mohrenheim visita l'autre jour en détail cette collection qui est destinée à l'Empereur Nicolas II, et M. Philippe
Deschamps avait convié, hier, la presse parisienne à venir l'admirer
à son tour. En même temps il entretint ses visiteurs de l'incident
qui contrariait vivement ses sentiments de collectionneur franco-
russe.

UN INCIDENT FRANCO-RUSSE.

« Une première fois, nous disait M. Deschamps, j'avais écrit au
directeur du Musée Carnavalet en le priant de venir voir ma collection et en lui proposant d'offrir au Musée les nombreux doubles
qui s'y trouvent. N'ayant pas reçu de réponse, je lui écrivis une
seconde fois pour lui renouveler ma proposition. Rien encore. C'était
un peu fort. Comme homme, mon correspondant manquait aux
règles de la courtoisie — comme fonctionnaire, il manquait à son
devoir... »

Et cette fois M. Deschamps se fâcha tout net et envoya cette
lettre — dont on peut donner le texte sans indiscrétion, puisqu'elle

a été publiée — avant peut-être même que d'être parvenue à son adresse :

« Monsieur le directeur du Musée Carnavalet,

« Deux fois, j'ai eu l'honneur de vous écrire en vous priant de venir voir la collection des objets et bibelots franco-russes que, depuis trois mois, j'ai pu recueillir. Dans mes lettres, je vous priais de m'indiquer le jour et l'heure qu'il vous serait possible de venir, et j'ajoutais qu'il me serait agréable d'offrir au Musée Carnavalet, dont vous êtes le directeur, une partie de mon unique collection — ayant beaucoup de choses en double.

« Non seulement vous n'avez pas daigné répondre à mes deux lettres, mais vous n'avez pas jugé utile, dans l'intérêt de la Ville de Paris, de me dire que vous seriez heureux d'accepter ce que je vous offrais si généreusement.

« Devant votre silence obstiné, je refuse de donner suite à mon idée, réservant pour un autre Musée cette collection.

« Veuillez agréer, etc.

« DESCHAMPS. »

L'ÉVÉNEMENT, n° du 9 janvier 1897.

COLLECTION FRANCO-RUSSE

Plus que jamais tout est à la Russie !

Hier encore, Édouard Detaille nous montrait son aquarelle *Revue de Châlons.* Au théâtre, on applaudissait *Paris Gala*, où le cinématographe faisait revivre devant nous des journées inoubliables, tandis que les artistes, pris d'enthousiasme, jouaient un jeu endiablé. Pendant que nous prenions ce plaisir mi-artistique, mi-patriotique, et très parisien, des adresses s'échangeaient entre régiments français et régiments russes, entre élèves de nos écoles et celles de là-bas, du lointain pays si mystérieux et si cher. On rééditait le livre du Tsar, ou plutôt le livre écrit par lui — lorsqu'il était Tsarewitch — sur ses voyages. On nous donnait des détails sur la jeune et charmante Impératrice, sur ses talents de musicienne comme sur sa vigilante douceur de mère. Enfin, tout à l'heure encore, nous apprenions que le gouverneur de Moscou, le Grand-Duc Serge, venait d'inaugurer l'exposition des peintres français dans la Ville Sainte et d'envoyer à M. Rambaud un de ces télégrammes comme les Russes savent en écrire — eux, fils d'une terre froide, et cœurs chauds.

C'est donc en pleine ébullition d'amour pour la Russie, que M. Philippe Deschamps nous a conviés à en voir toutes les preuves réunies, les grandes, mais aussi les petites, innombrables et combien touchantes !

M. Philippe Deschamps s'était déjà fait connaître par bien des travaux, des monographies étudiées et originales. Mais, depuis plusieurs années, il a concentré ses efforts, il s'est spécialisé, il est devenu ou a pu se croire l'incarnation et le vivant symbole de l'alliance franco-russe.

Il était allé à Moscou, comme délégué du *Souvenir franco-russe*, pour y porter des fleurs emblématiques. Il y fut reçu avec une telle effusion, que le souvenir en illumina sa vie. Il eut désormais deux patries, deux patries liées par un fil d'or, et n'en faisant qu'une.

Survinrent les « journées » auxquelles je faisais allusion tout à l'heure. Pendant une centaine d'heures, Paris, tout frémissant, acclama la Russie en ceux qui la personnifient et qui nous l'amenaient. Non seulement on leur prodigua les honneurs officiels et les fêtes populaires, mais encore tout devint prétexte à l'expression de cette adoration d'un peuple. L'esprit français est ingénieux, les doigts parisiens sont habiles ; toutes les industries — et surtout les plus petites — firent leur manifestation slavophile. Et M. Philippe Deschamps put se dire qu'il avait « du travail sur la planche ! »

Car une idée lui était venue : collectionner tout ce qui avait rapport à l'alliance franco-russe, — et l'offrir ensuite au « Tsar Blanc ».

Des semaines, des mois, se levant à six heures du matin, se couchant à une heure, il fit la tâche qu'il s'était imposée. Il écrivit quelques milliers de lettres, dans la France entière, pour se procurer un spécimen de tout objet ayant trait, de près ou de loin, à ce qui lui meublait si complètement l'esprit et le cœur. Il courut Paris, fouilla chaque magasin, chaque obscure boutique. Il alla des corsets luxueux aux étiquettes collées sur des boîtes de fromage ; il acheta tous les journaux, tous les menus, toutes les poupées et toutes les médailles franco-russes ; il fit des folies pour acquérir des pièces rares, de celles qu'on paie au poids de l'or, — en sentant qu'on ne les paie pas encore assez, — et il ne négligea aucune humble manifestation de cette tendresse nationale qui se traduisait par des images d'Épinal ou des mouchoirs peinturlurés. Il fit collection de faïences, de tambourins, de pipes et de porte-cigares, le tout franco-russe. Il arriva à grouper les travaux de cent vingt-cinq industries diverses, — quelque chose

comme six mille objets, tous consacrés au même souvenir, et tous
différents les uns des autres.

Il va les envoyer en Russie ; il les a montrés à quelques initiés,
parmi lesquels M. de Mohrenheim, qui était venu chez lui pour y
rester cinq minutes, et qui y est demeuré deux heures. Mais le
public, le vrai public, celui qui — plus que les diplomates — a
imposé l'alliance franco-russe, le public, à la fois patriote et mu-
seur, curieux et facile à émouvoir, ne sera-t-il pas admis à con-
templer ces manifestations de profond sentiment français ?... Je
crois que l'exposition de la collection ne ferait pas seulement plaisir au « russophile » Philippe Deschamps, dans les cartes de visite
duquel s'entrecroisent les drapeaux des deux armées-sœurs ; il y
a là mieux qu'un effort et un orgueil personnels : c'est la France
tout entière, la France industrieuse et inventive, se courbant devant des Souverains amis, mais leur montrant aussi ce qu'elle sait
faire et ce qu'elle est.

Charles FUSTER.

LE TRIBOULET, n° du 10 janvier 1897.

A TRAVERS MON CARNET

Sans avoir à commettre d'indiscrétion sur l'*Exposition des
femmes artistes* qui s'ouvrira vendredi, 8 janvier, à 8 h. 1/2 du
soir, chez Georges Petit, j'ai aujourd'hui à dire un mot sur une
des plus curieuses et, peut-être, des plus étonnantes expositions
de ce siècle !

Je veux parler de celle qui a lieu en ce moment rue Demours,
chez M. Philippe Deschamps. C'est le plus extraordinaire rassem-
blement d'objets d'art, de mode, de fantaisie, de bibelots de tous
genres, improvisés par l'industrie parisienne pour les journées
fameuses d'octobre, c'est-à-dire à l'occasion du voyage en France
du Tsar et de la Tsarine.

A côté de dessins, d'aquarelles de Clairin et d'Henri Toussaint,
d'eaux-fortes, de peintures, de bronzes, de marbres, parfois signés
de noms de maîtres, de statuettes en plâtre, de photographies, de
phototypies et de photogravures, on voit jusqu'à des corsets, des
bretelles, des bijoux vrais ou faux, des drapeaux, des articles pour
fumeurs, des insignes de décoration, des assiettes, des lampes,
des veilleuses, des lanternes, des foulards, des jouets, en un mot,
les choses les plus différentes comme les plus disparates, mais

toutes marquées au sceau du goût le plus exquis, je dirais presque du plus fin de notre esprit national.

Ce ne sont pas quelques lignes qu'il faudrait consacrer au compte rendu de ma visite chez M. Philippe Deschamps, mais bien une chronique tout entière, car il y a, chez lui, matière à en faire une des plus intéressantes, en dehors du plaisir qu'on éprouve à vanter la courtoisie et l'extrême amabilité du maître de la maison.

Autorisé à offrir au Tsar Nicolas II cette intéressante collection d'imprimés, — car il y a aussi des articles de journaux, des chansons et des poésies, — et des bibelots de toute nature improvisés pour les fêtes russes, M. Philippe Deschamps se propose de l'exposer au profit des pauvres avant de l'envoyer en Russie. Et certes, il fera beaucoup de bien, car le succès ne peut manquer de couronner son œuvre.

On peut dire qu'au milieu des bibelots parisiens qui forment naturellement la plus considérable et la plus intéressante partie de l'Exposition, dont le baron de Mohrenheim a honoré de sa présence l'inauguration, pas une industrie parisienne n'a été oubliée.

BERTHE DE PRÉSILLY.

LE PROGRESSISTE, n° du 10 janvier 1897.

FEUILLETS MONDAINS

Les premiers jours de l'année sont tellement consacrés aux visites et aux réunions de familles que les mondanités sont encore peu nombreuses.

Mais, en revanche, je puis — et je m'en fais une joie — parler d'une Exposition, curieuse entre toutes. — Elle a lieu, un peu loin du centre par exemple, mais elle est si intéressante que malgré la distance, elle attirera, j'en suis sûre, la foule, 11, rue Demours, chez M. Philippe Deschamps qui en est l'heureux innovateur.

S'étant amusé à réunir une complète collection de tous les imprimés, bibelots, objets d'art et de toilette qui ont été écrits, ou créés par l'industrie parisienne à l'occasion du voyage en France de LL. MM. l'Empereur et l'Impératrice de Russie, il a été autorisé dernièrement à offrir au Tsar Nicolas II cette étonnante collection. Mais avant de l'envoyer à Pétersbourg, M. Deschamps a eu l'heureuse inspiration de l'exposer au profit des pauvres. Et certes, il réussira à leur venir sérieusement en aide, car on peut lui prédire un grand succès.

Rien de comparable n'a jamais été fait; et l'on ne s'imagine pas avec quel art M. Deschamps a groupé, par exemple, des aquarelles d'Henri Toussaint et de Clairin, avec des corsets, des bretelles, des bronzes, des chiffons de dentelle, des foulards, des jouets, etc., etc., sans qu'aucun de ces objets, cependant si disparates, se heurte ni se nuise.

Vous tous qui me faites l'honneur de me lire, allez donc 11, *rue Demours*.

BERTHE DE PRÉSILLY.

JOURNAL DE MANTES, nº du 13 janvier 1897.

SOUVENIRS FRANCO-RUSSES

Dans notre numéro du 30 décembre, nous avons annoncé qu'un patriote, M. Philippe Deschamps, un Mantais, nous aurions dû ajouter, avait eu l'idée de collectionner tout ce que l'industrie française avait fait d'objets emblématiques à l'occasion du voyage des Souverains Russes en France. Cette intéressante collection vient d'être agréée par M. de Mohrenheim, ambassadeur de Russie et prochainement elle partira pour Saint-Pétersbourg où elle constituera un musée franco-russe.

Nous intéresserons certainement nos lecteurs, parmi lesquels bon nombre ont connu M. Philippe Deschamps — alors qu'il était employé dans une maison de gros, de Mantes — en leur donnant quelques détails sur la collection de souvenirs qu'il a constituée et dont toute la presse parisienne parle depuis quelques jours.

M. Deschamps, qui demeure 11, rue Demours, à Paris, est ce que nous appellerons un ardent russophile; il a parcouru, on peut le dire, toutes les parties du monde et lors des funérailles du Tsar Alexandre III, il faisait partie de la délégation envoyée en Russie par le « Souvenir français ».

Son appartement de la rue Demours est actuellement transformé en bazar ou musée franco-russe; les 6,000 pièces composant sa collection occupent depuis le vestibule jusqu'à la chambre à coucher en passant par le salon, la salle à manger; il en fait lui-même les honneurs.

— Ici les journaux, revues hebdomadaires, mensuelles, occasionnelles. Il n'en manque pas un, ni de France, ni de l'étranger. Tenez, cent dix chansons, depuis celle du Chat-Noir jusqu'à la plus récente, celle faite sur la mort de Lobanoff. Les albums? En voici de toutes les tailles et de toutes les couleurs! La musique? Sur

ce meuble sont entassés valses, polkas, quadrilles franco-russes,
dédiés à l'Empereur, ou à l'Impératrice ou à la Princesse Olga.

« Jetez un coup d'œil sur cet opuscule où j'ai réuni les poésies
de Sully-Prud'homme, de Jules Claretie, de François Coppée, de
Hérédia, etc., avec leur autorisation. »

Passons maintenant aux photographies faites au cours de son
voyage à travers l'Europe : en Allemagne, en Autriche, en Angleterre, en Écosse, en France. Certaines ont été très difficiles à se
procurer, dit M. Deschamps.

Voici la collection des menus. Les plus curieux sont ceux de
Toulon, banquet du 22 octobre 1893 ; celui de l'Elysée, menu dessiné par Clairin. Il n'y en a eu que trois exemplaires : un pour
l'Empereur, un pour l'Impératrice, un pour le Président de la République. Le plus rare est celui du couronnement du Tsar.

Effectivement, ce menu est merveilleusement illustré. C'est un
véritable volume. Il était réservé aux Ambassadeurs.

— Avant de quitter cette pièce, admirez cette délicieuse sonnette
franco-russe faite en cristal, avec une poignée en or et en argent
aux armes des Romanoff, montres, pendules, rien ne manque.

REVUE DES PROVINCES DE L'OUEST, n° *du 15 janvier 1897.*

.   .   .   .

On rencontrait là au grand complet le Tout-Paris des premières.
Il se retrouvait aussi 11, rue Demours, chez M. Philippe Deschamps dont, malgré la longueur de ce courrier, je ne puis passer
sous silence l'heureuse inspiration.

Après avoir eu l'idée de collectionner tout ce qui a paru, sous
quelque forme que ce soit, à l'occasion du Tsar et de la Tsarine,
M. Deschamps a eu celle de faire une exposition de cette très
curieuse collection qu'il a été autorisé à offrir à l'Empereur Nicolas II. Le baron de Mohrenheim a visité le premier cette collection
unique en son genre et qui comprend plus de cinq mille pièces ou
documents, car les imprimés, poésies, découpures de journaux,
etc., y trouvent place à côté d'aquarelles d'Henri Toussaint et de
Clairin, de bijoux, vrais ou faux, d'ouvrages de dames et de tout ce
que l'industrie parisienne a créé d'intéressant en bibelots les plus
infimes comme en objets de prix, du goût le plus exquis, pour cette
mémorable visite. Avant d'envoyer sa collection en Russie, M. Deschamps va l'exposer au profit des pauvres. Le succès répondra
certainement à son attente, et les malheureux auront, grâce à lui,

du pain et du feu, car personne à Paris ne manquera assurément
de se rendre à l'invitation du plus aimable comme du plus courtois
des collectionneurs.

BERTHE DE PRÉSILLY.

JOURNAL LA CROIX, n° du 17 janvier 1897.

LES BIBELOTS POLITIQUES

On nous écrit :

En attendant que le Musée de la Ville de Paris expose tous les
bibelots inventés par l'industrie parisienne pendant les dernières
fêtes franco-russes, il nous a été agréable d'admirer, rue Demours, 11, une collection unique en ce genre.

Là, M. Philippe Deschamps a transformé sa demeure en un second Musée Carnavalet. Plusieurs journaux ont déjà détaillé cet
assemblage merveilleux de 6,000 pièces sorties de 125 manufactures diverses et on est stupéfait en constatant que tant de travaux
ont été enfantés, en quelques semaines, par le burin du graveur, le
ciseau du sculpteur, la plume de l'imagier et le pinceau de l'artiste.

Dans cette première catégorie, c'est le raffinement de l'art ;
mais pour être plus modeste, la collaboration ingénieuse des petits
fabricants de Paris est non moins précieuse et étonnante par l'invention originale des jouets et des faux bijoux.

Trois mois ont suffi à M. Deschamps pour fouiller le plus petit
recoin de l'obscur atelier de Paris, et grouper ces richesses d'art.

Les indifférents diront : Ce collectionneur a eu la main heureuse ; mais les connaisseurs éclairés et non jaloux s'écrieront :
Ce chercheur érudit a l'âme d'un patriote et d'un artiste.

Ce collectionneur-artiste est doublé d'un écrivain scrupuleux
dont la plume alerte est appréciée par ceux qui ont parcouru l'A-
mérique, le Canada, la Russie, la Suède, la Norvège et l'Égypte.

S. Exc. l'Ambassadeur de Russie, en allant visiter pendant deux
heures cette collection si intéressante qui va être offerte au Tsar
Nicolas II, a chaleureusement prodigué ses félicitations à M. Deschamps et lui a prédit le plus grand succès, quand ces précieux
objets seront exposés à Paris, au profit des pauvres, et ensuite, en
avril, à Saint-Pétersbourg.

Abbé P. BONNIN.

LA PATRIE, n° du 22 janvier 1897.

UNE EXPOSITION DE BIBELOTS FRANCO-RUSSES

En attendant que le Musée de la Ville de Paris expose tous les bibelots inventés par l'industrie parisienne pendant les dernières fêtes franco-russes, il nous a été agréable d'admirer, rue Demours, 11, une collection unique en ce genre.

Là, M. Philippe Deschamps a transformé sa demeure en un second Musée Carnavalet. Plusieurs journaux ont déjà détaillé cet assemblage merveilleux de 6,000 pièces sorties de 125 manufactures diverses et on est stupéfait, en constatant que tant de travaux ont été enfantés, en quelques semaines, par le burin du graveur, le ciseau du sculpteur et la plume de l'imagier.

Dans cette première catégorie, c'est le raffinement de l'art ; mais pour être plus modeste, la collaboration ingénieuse des petits fabricants de Paris est non moins précieuse et étonnante par l'invention originale des jouets et des faux bijoux.

Trois mois ont suffi à M. Deschamps pour fouiller le plus petit recoin de l'obscur atelier de Paris et grouper ces richesses d'art.

Les indifférents diront : Ce collectionneur a eu la main heureuse, mais les connaisseurs éclairés et non jaloux s'écrieront : Ce chercheur érudit a l'âme d'un patriote et d'un artiste.

Ce collectionneur artiste est doublé d'un écrivain scrupuleux dont la plume alerte est appréciée par ceux qui ont parcouru l'Amérique, le Canada, la Russie, la Suède, la Norvège et l'Égypte.

S. Exc. l'Ambassadeur de Russie, en allant visiter pendant deux heures cette collection si intéressante qui va être offerte au Tsar Nicolas II, a chaleureusement prodigué ses félicitations à M. Deschamps et lui a prédit le plus grand succès, quand ces précieux objets seront exposés à Paris, au profit des pauvres, et ensuite, en avril, à Saint-Pétersbourg.

LE PILORI, n° 562, 24 janvier 1897.

COLLECTION FRANCO-RUSSE

Une russophile déterminé, qui est en même temps un collectionneur émérite, M. Philippe Deschamps, a eu l'idée originale de réunir tout ce qui avait rapport à l'alliance franco-russe, et d'offrir ensuite cette collection unique au Tsar, comme une sorte d'hommage du peuple de France.

Au poids de l'or et à force de recherches, M. Philippe Deschamps est parvenu à grouper près de *six mille* objets tous différents les uns des autres.

Drapeaux, tambourins, porte-monnaie, pipes, porte-cigares, assiettes, boîtes à sel, éventails, poupées mêmes, journaux, médailles, images d'Épinal, mouchoirs de poches, etc., etc. : toutes les industries, petites et grandes, sont représentées dans cette curieuse collection où l'on trouve jusqu'à des corsets luxueux et des étiquettes destinées à être collées sur des boîtes de fromages.

M. de Mohrenheim, ambassadeur de Russie, a bien voulu visiter le musée franco-russe de M. Deschamps, et, venu chez lui pour y rester cinq minutes, il n'en est sorti que deux grandes heures après!

Combien de Parisiens et de Français se montreront presque jaloux du privilège pourtant bien naturel qui a valu au sympathique ambassadeur cette bonne fortune!

Ne pourrait-on leur donner satisfaction en exposant pendant quelques jours le « trésor franco-russe » de M. Deschamps, qui lui-même consentirait volontiers, nous en sommes certains, à ce que cette exposition patriotique eût en même temps un caractère charitable?

Tous les patriotes en seraient enchantés, et les pauvres y trouveraient leur compte.

LE MONDE ARTISTE, nᵒ du 24 janvier 1897.

. . . .

On rencontrait chez Georges Petit, au grand complet, le Tout-Paris des premières. Il se retrouvait aussi 11, rue Demours, chez M. Philippe Deschamps, dont je ne puis passer sous silence l'heureuse inspiration.

Son exposition franco-russe dépasse en attraits tout ce qu'on en peut dire. Elle témoigne à la fois d'une grande patience, d'une incroyable ténacité, et d'un sentiment patriotique très prononcé auquel se marie agréablement celui de l'art le plus raffiné.

On y remarquait entre autres une ravissante vitrine contenant un nombre incalculable de broches, depuis les plus simples jusqu'aux plus jolies, créées à l'occasion du voyage des Souverains Russes en France. Dans beaucoup d'entre elles, j'ai reconnu des spécimens de bijoux offerts à sa nombreuse clientèle par la *Parfumerie exotique, 35, rue du Quatre-Septembre.*

BERTHE DE PRÉSILLY.

LE BOULANGER FRANÇAIS, n° du 1er février 1897.

COLLECTION PHILIPPE DESCHAMPS

Quand Franklin vint en France, au siècle dernier, comme ambassadeur de la République naissante des États-Unis, il obtint, à Paris, un succès véritablement sensationnel.

On voyait partout le portrait de ce simple et doux philosophe surmonté d'un vers latin en exergue :

> Eripuit cœlo fulmen sceptrumque tyranno.
>
> Il a arraché la foudre au ciel et le sceptre au tyran.

La mode fut pendant quelques temps à la « Franklin », tout était à la « Franklin ». C'était une manifestation née des sentiments généreux du peuple français pour la liberté.

Différente, mais inspirée par un sentiment aussi noble, aussi élevé que celui de l'indépendance par le sentiment du patriotisme, a été la grandiose manifestation dont les Souverains Russes ont été l'objet lors de leur récent voyage en France.

A cette occasion, les industries nationales ont véritablement rivalisé d'ingéniosité pour créer des variétés innombrables d'objets à la portée généralement de toutes les bourses et permettant à tous, riches comme pauvres, de montrer que tous les cœurs français battaient à l'unisson dans ces circonstances mémorables.

Ce sont tous ces bibelots, œuvres de fantaisie, mais portant toutes le cachet du goût français et parisien, que M. Deschamps, l'un des collaborateurs les plus ardents de l'alliance russe, a réuni dans son bel appartement de la rue Demours.

Produits de la verrerie, de la bijouterie, albums, gravures, livres, journaux, dessins, étoffes, porcelaines, faïences, affiches, aux armes de la Russie, ou donnant les portraits des Augustes Souverains, M. Deschamps a tout réuni.

La collection comprend plus de cinq mille pièces, toutes différentes.

Nous n'avons pas besoin de faire ressortir, au prix de quels sacrifices de temps et d'argent, M. Deschamps a pu rassembler cette collection unique qu'il destine à Sa Majesté l'Empereur Nicolas II.

Cette collection constitue certainement un élément des plus intéressants pour apprécier toute la puissance et toute la fougue des sentiments populaires en faveur de l'alliance russe. En la rassemblant, M. Deschamps a fait un acte vraiment utile.

On assure qu'avant leur départ pour Saint-Pétersbourg tous ces objets seront exposés au profit d'œuvres de bienfaisance.

C'est une excellente idée d'associer la charité au patriotisme.

Il en sera de même à Saint-Pétersbourg où les recettes des entrées seront abandonnées par notre ami pour être partagées entre les pauvres de Saint-Pétersbourg et de Moscou. Dans ces conditions on peut prédire à cette œuvre de charité le plus grand succès ; nos amis les Russes seront touchés de la délicate attention de notre compatriote qui, parmi les boulangers, compte beaucoup de sympathies.

LA DERNIÈRE MODE, n° du 1er février 1897.

Mais les idées neuves abondent en cet an de grâce 1897. En voici une qui ne manque pas non plus d'intérêt, et qui a fait courir tout Paris jusqu'au 20 janvier.

Je veux parler de l'Exposition *Boje Tsara Kranienne* qu'un russophile distingué, M. Philippe Deschamps, a installée dans son élégante demeure de la rue Demours. Avec une patience digne d'un Bénédictin, il a collectionné depuis trois mois tout ce qui s'est écrit et créé à l'occasion du voyage de l'Empereur et de l'Impératrice de Russie en France. Et l'on n'imagine pas avec quel art il a su grouper tous ces objets divers. Tout cela formait un fouillis charmant, multicolore et chatoyant, et c'est avec une courtoisie pleine d'amabilité que le maître de la maison faisait les honneurs de son petit musée.

Autorisé à faire don de cette curieuse collection à l'Empereur Nicolas II, il a voulu, avant de l'expédier en Russie, la faire connaître au public parisien ; et, charitable autant qu'artiste, ce voyageur infatigable, bien connu du monde vélocipédique, l'a exposée au profit des pauvres.

Le baron de Mohrenheim en a été un des premiers visiteurs ; et, comme moi aussi, j'ai eu la bonne fortune d'aller rue Demours, je suis heureuse d'adresser ici mes remerciements et mes félicitations au plus aimable comme au plus spirituel des maîtres de maison et des cicerone.

Journaux, revues, publications de tous genres ; aquarelles de Henri Toussaint, Maugeant, Clairin, etc. ; poésies de Jules Claretie, Sully-Prudhomme, François Coppée et autres... ; chansons, musique, photographies, porcelaines, cristaux, soieries de Lyon, rubans de Saint-Étienne, mouchoirs de tous genres, poupées, bonbonnières, jouets, porte-cartes, maroquineries, draperies, ori-

flammes, articles pour fumeurs, parfumeries, fromages-insignes,
bibelots et objets de toilette, rien n'y manque, depuis les bijoux
de prix jusqu'aux fantaisies à *un sou* que les camelots crient sur
les boulevards.

Ah! la curieuse collection! Et comme je regretterais de ne
l'avoir pas admirée, et d'avoir été privée du plaisir d'en chanter bien
haut les louanges!...

Berthe DE PRÉSILLY.

LE MESSAGER FRANCO-RUSSE DE NICE, n° du 7 février 1897

UNE EXPOSITION DE BIBELOTS FRANCO-RUSSES

En attendant que le Musée de la Ville de Paris expose tous les
bibelots inventés par l'industrie parisienne pendant les dernières
fêtes franco-russes, il nous a été agréable d'admirer, rue Demours,
11, une collection unique en ce genre.

Là, M. Philippe Deschamps a transformé sa demeure en un second Musée Carnavalet. Plusieurs journaux ont déjà détaillé cet
assemblage merveilleux de 6,000 pièces sorties de 125 manufactures diverses et on est stupéfait en constatant que tant de travaux
ont été enfantés, en quelques semaines, par le burin du graveur,
le ciseau du sculpteur et la plume de l'imagier.

Dans cette première catégorie, c'est le raffinement de l'art; mais
pour être plus modeste, la collaboration ingénieuse des petits fabricants de Paris est non moins précieuse et étonnante par l'invention originale des jouets et des faux bijoux.

Trois mois ont suffi à M. Deschamps pour fouiller le plus petit
recoin de l'obscur atelier de Paris et grouper ces richesses d'art.

Les indifférents diront : Ce collectionneur a eu la main heureuse;
mais les connaisseurs éclairés et non jaloux s'écrieront : Ce chercheur érudit a l'âme d'un patriote et d'un artiste.

Ce collectionneur-artiste est doublé d'un écrivain scrupuleux
dont la plume alerte est appréciée par ceux qui ont parcouru
l'Amérique, le Canada, la Russie, la Suède, la Norvège et l'Égypte.

S. Exc. l'Ambassadeur de Russie, en allant visiter pendant deux
heures cette collection si intéressante qui va être offerte au Tsar
Nicolas II, a chaleureusement prodigué ses félicitations à M. Deschamps et lui a prédit le plus grand succès, quand ces précieux
objets seront exposés à Paris, au profit des pauvres, et ensuite,
en avril, à Saint-Pétersbourg.

LA RÉPUBLIQUE DU VAR, *n° du 16 février 1897.*

BIBLIOGRAPHIE

M. Philippe Deschamps, 11, rue Demours, à Paris, après un travail considérable de recherches, a pu parvenir à rassembler ce qu'il appelle les souvenirs patriotiques des fêtes franco-russes : Cronstadt et Toulon, 1891-1893 ; Cherbourg, Paris, Châlons, 5-9 octobre 1896.

Cette collection, dont le but évident est de resserrer, si possible, les liens d'amitié entre les deux grands peuples, contient une diversité énorme d'objets multicolores qui démontrent la part qu'ont prise les petits fabricants, rivalisant d'efforts pour s'associer aux manifestations sympathiques adressées au Tsar et à la Tsarine.

Tous ces bibelots sont le témoignage des sympathies franco-russes, en même temps qu'il démontrera combien la France est industrielle, combien elle veut la paix.

LE MESSAGER FRANCO-RUSSE, *n° du 14 février 1897.*

LES BIBELOTS POLITIQUES

En attendant que le Musée de la Ville de Paris expose tous les bibelots inventés par l'industrie parisienne pendant les dernières fêtes franco-russes, il nous a été agréable d'admirer, rue Demours, 11, une collection unique en ce genre.

Là, M. Philippe Deschamps a transformé sa demeure en un second Musée Carnavalet. Plusieurs journaux ont déjà détaillé cet assemblage merveilleux de 6,000 pièces sorties de 125 manufactures diverses et on est stupéfait en constatant que tant de travaux ont été enfantés, en quelques semaines, par le burin du graveur, le ciseau du sculpteur et la plume de l'imagier.

Dans cette première catégorie, c'est le raffinement de l'art ; mais pour être plus modeste, la collaboration ingénieuse des petits fabricants de Paris est non moins précieuse et étonnante par l'invention originale des jouets et des faux bijoux.

Trois mois ont suffi à M. Deschamps pour fouiller le plus petit recoin de l'obscur atelier de Paris, et grouper ces richesses d'art.

Les indifférents diront : Ce collectionneur a eu la main heureuse ; mais les connaisseurs éclairés et non jaloux s'écrieront : Ce chercheur érudit a l'âme d'un patriote et d'un artiste.

Ce collectionneur-artiste est doublé d'un écrivain scrupuleux

6

dont la plume alerte est appréciée par ceux qui ont parcouru l'Amérique, le Canada, la Russie, la Suède, la Norvège et l'Égypte.

S. Exc. l'Ambassadeur de Russie, en allant visiter pendant deux heures cette collection si intéressante qui va être offerte au Tsar Nicolas II, a chaleureusement prodigué ses félicitations à M. Deschamps et lui a prédit le plus grand succès, quand ces précieux objets seront exposés à Paris, au profit des pauvres, et ensuite, en avril, à Saint-Pétersbourg.

LE NORD, n° du 14 février 1897.

FRANCE ET RUSSIE

M. Philippe Deschamps a adressé la lettre suivante à Son Excellence M. le baron de Mohrenheim, Ambassadeur de Russie à Paris.

« Excellence,

« Ami, dès la première heure, de la Russie, j'avais pour Sa Majesté l'Empereur Alexandre III — le Tsar de la Paix — une profonde vénération et, comme délégué du Comité du Souvenir, j'ai assisté à ses funérailles. Depuis cette époque, mon temps a été consacré à propager les sympathies françaises en Russie et à faire ici des adeptes à cette alliance si nécessaire au maintien de la paix et de l'équilibre européen. Mon œuvre, dont le but est de resserrer les liens d'amitié entre les deux grands peuples, n'est guidée que par une pensée patriotique. L'honorable M. Alfred Mézières, député, membre de l'Académie Française, pourrait renseigner Votre Excellence et lui dire avec quelle persévérance je poursuis l'œuvre commencée.

« Pour rendre inoubliable le souvenir des fêtes mémorables des 5-9 octobre, organisées en l'honneur de Leurs Majesté Impériales acclamées par les cris enthousiastes d'une foule respectueuse, car Paris reflétait la pensée de la France, j'ai eu l'idée de réunir les imprimés, livres, illustrations, gravures, aquarelles et les objets de toutes sortes fabriqués par l'industrie parisienne.

« Son Excellence a jugé, par la visite dont Elle a bien voulu m'honorer, que l'imagination des petits Parisiens a été d'une étonnante fécondité. Pendant trois mois, j'ai dû fouiller Paris en tous sens pour réunir cette diversité d'objets multicolores dont le coup d'œil est si séduisant et constituer une collection importante, je dirai même unique. Mon plus grand bonheur serait de l'offrir à Sa Majesté l'Empereur de Russie qui, à la vue de ces objets, se

rendra compte de la part prise par ces petits fabricants rivalisant
d'efforts pour s'associer aux démonstrations sympathiques adressées à Leurs Majestés Impériales et à l'aimable petite Grande-
Duchesse Olga.

« Tous ces bibelots, témoignage de sympathie profonde entre
Français et Russes, symbole des liens indissolubles qui unissent
les deux grandes nations, sont les démonstrations spontanées de
la France industrielle pour la paix, qui, par ses joies, manifeste
aussi ses espérances.

« Je vous prie, Excellence, de bien vouloir accepter pour Leurs
Majestés Impériales ma collection franco-russe comme l'expression
de la profonde vénération pour le Tsar Nicolas II d'un patriote
dévoué à la France et à la Russie.

« Je désirerais qu'il me fût permis, d'installer cette collection à
Saint-Pétersbourg dans une exposition publique et serais heureux
de voir le montant de la recette réparti entre les pauvres de Saint-
Pétersbourg et de Moscou.

« Je prie Votre Excellence de bien vouloir agréer l'hommage
de mon profond respect.
                    « Philippe DESCHAMPS,
                  « 11, rue Demours, à Paris. »

D'autre part, M. Philippe Deschamps a reçu la lettre suivante :

    « Monsieur,

    « Vos soins, votre constance, votre dévouement triomphent ;
c'est partout un concert d'admiration. Mes amis qui ont visité
votre collection la trouvent originale, imprévue, au delà de toute
expression.

    « Soyez fier, Monsieur, d'avoir élevé avec de si petites choses
un véritable monument.

    « Tous mes vœux pour qu'une fois de plus une œuvre de votre
patriotisme, toujours ingénieux et toujours dévoué, reçoive par
le succès la seule récompense que vous cherchiez.

    « Mes sympathies, Monsieur.
                    « Juliette ADAM. »

LE SIÈCLE, n° du 18 février 1897.

DERNIER ÉCHO DES FÊTES FRANCO-RUSSES
UN CADEAU AU TSAR

Nous sommes allés visiter, cette semaine, la collection franco-russe de M. Philippe Deschamps, 11, rue Demours.

M. Philippe Deschamps est un ancien négociant bien connu sur la place de Paris, dans le commerce de l'alimentation. Retiré des affaires, il s'est mis à voyager, a parcouru le monde entier et il n'y a que quelques mois qu'il est revenu du Cap Nord. Dans son voyage en Europe, il a naturellement visité la Russie et a su s'y créer des relations sympathiques avec les hautes personnalités du gouvernement et de l'armée ; c'est lui qui, en 1894, fut délégué aux funérailles d'Alexandre III, comme représentant du Comité du Souvenir ; aussi a-t-il toujours été un partisan convaincu de l'alliance franco-russe. Sa satisfaction fut grande lors des fêtes du 5-9 octobre 1896, et, désireux d'en conserver un souvenir mémorable, il a eu l'ingénieuse idée de collectionner non seulement tous les bibelots vendus par les camelots à ce moment, mais encore tous les objets (et il y en a de rares) dus à l'ingéniosité des fabricants parisiens.

Il ne lui a pas fallu moins de deux longs mois de recherches pour arriver à composer cette collection unique en son genre.

Rien n'y manque ; depuis la petite médaille à l'effigie des Souverains, jusqu'aux œuvres d'art dues au ciseau du sculpteur et à la plume du dessinateur.

Décrire un parmi tous les objets dont se compose cette extraordinaire collection serait impossible à faire ; nous nous contenterons donc de citer quelques pièces remarquables qu'il nous a été permis d'admirer :

Tout d'abord, le programme de la soirée de gala du 17 mai 1896 qui avait été remis aux ambassadeurs lors du couronnement. Cette rarissime pièce est tout simplement une merveille avec ses dessins enluminés d'une remarquable finesse.

A côté, nous avons vu le même, sur satin, dessiné par G. Clairin, pareil à celui remis à Leurs Majestés Impériales au dîner de l'Élysée, ainsi que toutes les invitations aux banquets et soirées de gala données en leur honneur.

Une autre curiosité, c'est l'aquarelle d'Henri Toussaint, le graveur bien connu, représentant le Cortège Impérial descendant les Champs-Élysées le matin du 9 octobre. Acquise par notre collec-

tionneur, celui-ci l'a portée chez M. Paul Deroulède qui l'a ornée
de strophes patriotiques.

Mais ce n'est pas tout, M. Philippe Deschamps a pu réunir tous
les journaux illustrés et toutes les gravures de l'étranger. Au moment de notre visite, il venait de recevoir les premières affiches
des fêtes de Cherbourg, ainsi que la copie du télégramme que le
Ministre russe avait envoyé au maire de cette ville, M. Liais.

Ajoutez à cela les dessins, les chansons, les morceaux de musique et poésies composés à cette époque, tout ce qui a été fait
aux marques franco-russes en parfumerie, horlogerie, bijouterie,
articles de fumeurs, jouets, verrerie, porcelaine, etc., etc., — et
vous aurez une petite idée, mais bien petite, de ce qu'est cette collection qui est certainement la plus belle qui ait été faite.

L'Empereur de Russie, à qui elle est destinée, sera certainement touché de voir réunie à son intention toutes les marques de
sympathie et d'enthousiasme dont il a été l'objet.

Mais avant d'envoyer au Tsar ce superbe cadeau, fruit d'un travail inouï, notre collectionneur patriote voudrait le faire connaître
au public parisien, et nous ne pouvons que nous associer aux de-
mandes réitérées de nos confrères de la presse en en réclamant
l'exposition, d'autant plus que cette œuvre de patriotisme serait
en même temps philanthropique puisque tous les bénéfices seraient
pour les pauvres de Paris.

M. Deschamps a déjà été récompensé de son travail par les com-
pliments flatteurs qu'il a reçus des hauts personnages, tels que
M. le baron de Mohrenheim, Ambassadeur de Russie, et Mme Juliette Adam, dont nous sommes autorisés à publier la lettre. La
voici :

« Monsieur,

« Vos soins, votre constance, votre dévouement triomphent;
c'est partout un concert d'admiration. Mes amis qui ont visité
votre collection la trouvent originale, imprévue, intéressante, au-
delà de toute expression.

« Soyez fier, Monsieur, d'avoir élevé avec de petites choses un
véritable monument.

« Tous mes vœux pour qu'une fois de plus une œuvre de votre
patriotisme, toujours ingénieux et toujours dévoué, reçoive par le
succès la seule récompense que vous cherchiez.

« Mes sympathies, Monsieur.

« JULIETTE ADAM. »

Notre bénédictin (car c'est véritablement un travail de bénédictin que celui de M. Deschamps) a le droit d'être fier de ces remer-

ciements. Il en est heureux, mais il manque cependant quelque chose à son bonheur : L'exposition de sa collection, qu'il désire tant, n'a pas encore eu lieu. Aussi la réclamons-nous avec ardeur, car elle fera plaisir à tout le monde : à M. Deschamps qui aurait en elle la récompense qu'il souhaite ; au public qui pour une modique somme pourrait admirer toutes ces curiosités qu'il ignore, et aux pauvres qui en toucheraient les recettes.

J. F.

PETIT MARSEILLAIS, n° du 28 février 1897.

BIBELOTS PARISIENS

Faire quelque chose avec rien, ce fut l'acte divin au début des mondes, c'est toujours le signe de l'esprit créateur. Il est demeuré chez nous ce qu'il a été toujours, presque un privilège de race.

J'ai parcouru tous les États d'Europe, je les ai vus dans l'éclat des fêtes qu'ils voulaient donner à leurs souverains, dans nombre d'occasions triomphales. Ce sont des circonstances où l'enthousiasme patriotique fait jaillir en lumière ce qu'il y a d'inventif dans les esprits, de rare et de personnel dans le goût.

Eh ! bien, nous pouvons nous rendre sans crainte cette justice que les autres nations ne nous refusent pas : nous sommes demeurés les maîtres de l'originalité, de l'imprévu, de la trouvaille, des grands ensembles et des petits détails.

Je songe aujourd'hui à ces surprenants bibelots qui sortirent comme par l'effet d'une génération spontanée de l'asphalte des boulevards, des doigts de nos ouvriers, le matin du jour où les papiers publics annoncèrent l'arrivée du Tsar et de la Tsarine à Paris. Vous vous souvenez, n'est-ce pas, de cette extraordinaire floraison de petits objets ingénieux et brillants qui étaient un prétexte pour mêler les couleurs de Russie aux nôtres, leur aigle à nos écussons.

Sans doute, plus d'un parmi nous songea à cette minute :

— Comme il serait divertissant de collectionner tous ces éphémères qui disparaîtront après-demain dans la hotte des chiffonniers...

On se rappelait que des amateurs, épris de l'ingéniosité de Paris, groupèrent ainsi au moment du boulangisme toutes les images, toutes les cocardes, toutes les médailles qui apparurent à la surface des foules remuées et répandirent par toute la France le portrait du « Brave Général ».

Mais, il faut dépenser dans une pareille recherche beaucoup de

temps, beaucoup de patience, voire, si l'on veut être complet, beaucoup d'argent. Cela suffit pour décourager la plupart de ceux qui
avaient eu la bonne idée. Et l'on peut dire qu'elle est unique, cette
« Collection Franco-Russe réunissant tous les souvenirs patriotiques parus à l'occasion des fêtes mémorables des 5-9 octobre
1896 » qui va être exposée à Paris au profit de quelque bonne
œuvre, avant que celui qui l'a formée ne la fasse parvenir jusqu'à
l'Empereur lui-même.

Cet amateur patient et ingénieux se nomme M. Philippe Deschamps. C'est un négociant parisien qui, retiré des affaires,
voyage aujourd'hui pour son plaisir. Il avait été délégué autrefois
aux funérailles de l'Empereur Alexandre III comme représentant
du Comité du Souvenir. Depuis, il a suivi de près, avec un intérêt
de chasseur et comme à la piste, toutes les manifestations
d'enthousiasme populaire qui aboutissaient à des créations d'insignes et de bibelots commémoratifs. Le seul catalogue de sa collection divertit à la lecture. Toutes les industries y sont représentées : Sèvres, par ses porcelaines ; Baccarat, par ses cristalleries ;
Limoges, Sarreguemines, Lunéville, Nevers, Creil, Montereau et
Choisy-le-Roy, par leurs faïences ; Saint-Denis et Clichy, par les
verreries ; Lyon et Saint-Étienne, par les soiries ; Rouen et Troyes,
par les tissus ; Épinal, par son imagerie.

L'article de Paris y triomphe, vous l'imaginez bien.

Il avait créé pour la circonstance une gainerie franco-russe, une
miroiterie, une maroquinerie, une savonnerie, une parfumerie, une
bijouterie, une joaillerie, une orfèvrerie, une mercerie, une bimbeloterie franco-russes.

M. Philippe Deschamps a réuni tous ces spécimens. Il possède
tous les cartonnages, tous les éventails, tous les jouets, les pipes,
les boîtes, la poupée Olga, le corset de l'Alliance, les abat-jour
et les bobèches, le cabas de Cronstadt, la broche du Kremlin, la
truelle Alexandre III, les jarretières patriotiques, le nougat russe
et les bonbons de la Tsarine qui, seuls, se défraîchissent avec le
temps.

Nul doute que l'Empereur Nicolas ne soit touché d'un cadeau
si imprévu. Il nous a fait voir à Moscou d'extraordinaires splen-
deurs. L'éclairage électrique du Kremlin, la cascade de feu qui
tombait du palais dans la Moskowa ; tout cela tenait sûrement de
la féerie. Il n'y avait pas jusqu'à ces trop fameux gobelets, pour la
possession desquels tant de pauvres gens moururent, qui ne
fussent d'apparence riche avec leurs filets rouges et bleus sur le
fond d'émail. Mais si l'opulence était là-bas inouïe, si l'accumula-
tion de l'or et des pierreries nous causait un éblouissement, où, à

la fin, nous distinguions mal les uniformes des livrées, l'ordre qui choisit, qui coordonne, qui fait valoir, manquait, comme il fait défaut dans le plan des constructions, dans l'ordonnance des églises et des palais.

Nul doute qu'une fois de plus, devant cette exposition de bibelots qu'on lui destine, le Tsar aura la sensation de la supérieure éducation d'esprit de notre race, de ce goût qui aime et qui critique, qui reste maître de lui-même, voire dans l'enthousiasme, de ce goût que l'Empereur loua tout d'abord dans un toast que nous n'avons pas oublié et qui alla au cœur de la France.

HUGUES LE ROUX.

L'ÉVÉNEMENT, n° du 1er mars 1897.

PETITE CHRONIQUE

Un hommage au Tsar.

Dans le but de rendre inoubliable le souvenir des fêtes mémorables organisées pour la réception de l'Empereur et de l'Impératrice de Russie, M. Philippe Deschamps a eu l'idée de réunir les imprimés, livres, illustrations, gravures, aquarelles et objets de toutes sortes fabriqués par l'industrie parisienne.

Il en a adressé un catalogue complet pour lequel M. Alfred Mézières, membre de l'Académie française, a écrit une charmante préface.

M. Deschamps vient d'écrire à M. le baron de Mohrenheim, Ambassadeur de Russie, en le priant d'accepter, pour Leurs Majestés Impériales, cette curieuse collection franco-russe, témoignage des démonstrations spontanées de la France industrielle pour la paix.

Il a l'intention de s'installer, au mois d'avril prochain, à Saint-Pétersbourg, dans une exposition publique dont les recettes seraient réparties entre les pauvres de Saint-Pétersbourg et de Moscou.   SERGENT.

LA CROIX, n° 4 du avril 1897.

M. Philippe Deschamps, avantageusement connu des touristes par ses excursions en Amérique, en Égypte et en Russie, vient de nous charmer encore par un récit bien captivant : *De Paris au Soleil de minuit.* Il nous écrit une partie de l'Allemagne, le Danemark, la Suède, la Norvège, et soutient l'intérêt par ses descriptions sur les fjords de Norvège et le Cap Nord.

Dans cet ouvrage irréprochable, où l'imagination ne joue aucun rôle comme dans les travaux de Jules Verne, il y a des pages particulièrement remarquables et instructives sur les mœurs des Suédois et des Norvégiens.

L'auteur trace magistralement et consciencieusement une route sûre, économique, au touriste, lui évitant toute perte de temps en signalant les beautés séduisantes des sites, sans oublier les richesses artistiques des villes.

Tout est écrit sans prétention, ce qui dénote un caractère sérieux, et de nombreuses pages sont finement émaillées d'observations politiques indiquant un esprit judicieux et enrichies de notes historiques émanant d'un érudit.

Abbé P. B.

Le *Journal de Saint-Pétersbourg* et plusieurs autres journaux russes ont reproduit en russe les articles du *Petit Parisien*, de l'*Événement*, du *Gaulois*, de la *France* et de la *Libre Parole*.

BIENVENUE

A LL. MM. L'EMPEREUR ET L'IMPÉRATRICE
DE RUSSIE

Sire, vous avez eu l'idée inspiratrice
En amenant chez nous la chère Impératrice.
Vous avez bien compris comment nous sommes faits,
Que pour frapper d'un coup en plein cœur les Français
Il n'est qu'un talisman : le charme d'une femme.
Le rayon de soleil qui brillera, Madame,
Quand vous viendrez, sera de Grâce et de Beauté
L'irradiant rayon de Votre Majesté !
Un enfant doit vous suivre ! Un enfant, une femme,
C'est le bouquet divin qui vient embaumer l'âme.
Sire, vous allez voir des canons, des soldats ;
Vos yeux s'éclaireront aux lustres des galas,
Vous serez une gloire en des apothéoses !...
Mais vous aurez encore à deviner les choses
Qui vibrent dans nos cœurs, et que l'on ne dit pas !
Les paroles d'amour se murmurent tout bas.
Sous l'humble habit du pauvre ou sous l'habit du riche,
Votre Image est au cœur, ainsi qu'un saint fétiche ;
Le costume n'est rien quand l'amour fait effort :
L'écorce ne fait pas le bois de l'arbre fort ;
Vous verrez le cœur battre aussi dru sous la cotte
Que sous le plastron d'or ou sous la redingote.
Des mères vous viendront, présentant leur enfant ;
Votre nom sera dit au premier bégaiement !
Vos yeux vous voudront tout, emportant votre image
Qu'on reverra, la nuit, comme dans un mirage !
L'écho de votre peuple en vous sera si grand
Qu'il viendra jusqu'à nous !... Et Vous, le grand Tsar blanc,
Le Père, vous aurez cette fortune unique
De voir les fiers enfants de notre République

Adorer en vous-même un peuple tout entier !
Ce jour-là votre cœur pourra se faire altier,
Car vous serez alors la suprême Pensée
De deux peuples unis dans la même poussée !
Vers vous se courbera le flot des Trois Couleurs,
Comme un baiser vivant des deux Nations sœurs.
Blanc, bleu, rouge, couleurs du Peuple de Russie !
Bleu, blanc, rouge, drapeau de France !... Réussie
Sera l'œuvre de Dieu, créant cela si beau :
Deux peuples réunis sous un même drapeau !
Le Blanc : c'est pureté, c'est notre Foi jurée,
Notre pensée intime en l'amour épurée.
Le Bleu, lambeau volé dans le manteau du ciel,
Emblème de Bonheur et d'Espoir éternel ;
Immanente Justice et Paix universelle !
Quant à la couleur rouge, ô Tsar ! n'est-ce pas elle
Qui fit surgir un champ de lourds coquelicots
Sur les neiges d'antan, lorsque de nos héros
L'étreinte, en mélangeant le chant des deux armées,
Fit après le combat les haines désarmées
Et surgir du sol rouge, en une éclosion
D'Amour et d'Espérance, une sainte moisson ?
O Tsar, quand, au retour, la coupole dorée
Fera luire à vos yeux la Patrie adorée,
Vos yeux se fermeront sur le peuple à genoux...
Alors vous reverrez l'autre Patrie, en vous !
Et votre cœur battra dans cette souvenance
Qu'on vous aime là-bas, sur la terre de France.

Paris, le 6 octobre 1896.

A. DE VERNEUIL.

ANGERS, IMP. DE A. BURDIN, RUE GARNIER, 4.